Hervé

Louise - Emmanuelle

6ème B.

ARIELLE QUEEN

LA SOCIÉTÉ SECRÈTE DES ALTERS

Du même auteur

Dans la même série

Arielle Queen, Premier voyage vers l'Helheim, roman jeunesse, 2007
Arielle Queen, La riposte des elfes noirs, roman jeunesse, 2007

Romans

L'Ancienne Famille, éditions Les Six Brumes, collection Nova, 2007
Samuel de la chasse-galerie, roman jeunesse, éditions Médiaspaul, collection Jeunesse-plus, 2006

Nouvelles

Le Sang noir, nouvelle, revue *Solaris* n° 161, 2007
Menvatt Blues, nouvelle, revue *Solaris* n° 156, 2005
Futurman, nouvelle, revue *Galaxies* n° 37, 2005
Porte ouverte sur Methlande, nouvelle, revue *Solaris* n° 150, 2004
Les Parchemins, nouvelle, revue *Solaris* n° 147, 2003

ARIELLE QUEEN

LA SOCIÉTÉ SECRÈTE DES ALTERS

1

Michel J. Lévesque

Titre original : Arielle Queen, la société secrète des Alters
Michel J. Lévesque

Illustration de couverture : Boris Stoïlov
Photographie de l'auteur : Pierre Parent
Conception du logo, de la couverture
et infographie : Geneviève Nadeau

38, rue La Condamine
75017 – Paris
Dépôt légal : octobre 2009
ISBN : 9782755604559
www.hugoetcie.fr
Imprimé au Danemark

Pour toi, Mariève,
ma perle aux yeux couleur de miel...

I can't wake up,
Save me.
Call my name and save me from the dark.
Wake me up,
Bring me to life.

– Bring me to life – Wake me up inside
Evanescence

Entre chien et loup : *Moment de la journée qui se situe au crépuscule, quand le soleil se couche et que l'on ne réussit plus à distinguer un chien d'un loup. Selon certains spécialistes, l'expression remonterait à la nuit des temps.*

Message à l'humanité d'Absalona, Lady de Nordland

Les elfes noirs ont été les premiers démons à fouler le sol de notre monde. Ils ont été libérés des prisons de l'Alfaheim, la demeure des elfes de lumière, par Loki et Hel, les dieux du mal, afin d'être envoyés sur Terre pour faire contrepoids aux premiers humains créés par Odin, le dieu suprême des peuples du Nord et maître d'Asgard, la cité du ciel. N'étant point de nature pacifique, les elfes n'ont pas tardé à déclarer la guerre aux hommes. Markhomer, le souverain de Mannaheim, le royaume des hommes, fut contraint de capituler trois ans seulement après le début des premiers combats.

Après s'être débarrassés de Markhomer et avoir condamné son fils, le prince Kalev, à l'exil, les elfes noirs se sont rebellés contre leurs propres maîtres, Loki et Hel, et ont menacé d'envahir les neufs royaumes de l'univers. Les dieux ont alors décidé d'envoyer une autre race de démons sur la Terre, afin qu'ils traquent et éliminent les elfes renégats. « Alter » fut le nom qu'on attribua à ces nouveaux démons.

Le *Dossemo Hagma*, c'est-à-dire « Voyage des Huit », est une prophétie relatée dans le premier chapitre du *Livre d'Amon*, la bible des Lios Alfes. Elle raconte que deux champions s'opposeront aux alters une fois que ceux-ci auront anéanti les elfes noirs. La prophétie dit aussi que, après avoir vaincu les démons alters, deux élus descendront au royaume des morts pour combattre les forces du mal et conquérir l'Helheim. La victoire du bien sera totale lorsque les deux élus ne feront plus qu'un.

Ainsi donc parlait Amon :

« Les alters nocta disparaîtront de Midgard, le royaume terrestre, après leur victoire sur les elfes sylphors, car les médaillons demi-lunes formeront à nouveau un cercle parfait. Se produira alors le Voyage des Huit. Le royaume des morts accueillera dans sa citadelle les huit champions qui auront libéré Midgard de ses ennemis. Ensemble, ils combattront les ténèbres et vaincront. »

1

Arielle ouvre les yeux…

Elle voit que Brutal est couché en boule au pied de son lit. Le chat comprend que sa maîtresse s'est éveillée et, après s'être longuement étiré, décide de venir la retrouver. Une fois parvenu à sa hauteur, il se frotte contre sa joue pour la saluer, puis bifurque et va s'installer sur l'autre oreiller.

Hier, c'était le seizième anniversaire d'Arielle. Un anniversaire qu'elle n'oubliera pas de sitôt. Pourquoi ? Parce que Simon Vanesse lui a souri pour la première fois. C'est le plus beau cadeau qu'une fille comme elle puisse espérer. (Elizabeth et Rose n'en revenaient tout simplement pas !) Simon Vanesse est le capitaine de l'équipe de hockey. Comme Arielle, il est en 4e. Elle est follement amoureuse de lui. En cela, elle n'est pas différente des autres filles de l'école. Son plus grand malheur : savoir qu'elle n'est pas assez belle pour lui. Elle est petite et boulotte. Ses cheveux sont couleur rouille et frisent comme un mouton. On dirait qu'elle a reçu un jet de peinture en aérosol en plein visage, tellement elle a des taches de rousseur.

L'image de Léa Lagacé remplace soudain celle de Simon dans son esprit. C'est une fille superbe : elle est grande et mince. Elle a de longs cheveux blonds. Des yeux bleu clair et des dents parfaites. Des seins ni trop gros ni trop petits. Arielle est jalouse d'elle. Jalouse parce qu'elle est belle. Jalouse parce qu'elle se déplace avec grâce et que les gens se retournent sur son passage. Jalouse parce qu'elle attire non seulement les regards, mais aussi la sympathie. Jalouse parce que les profs lui sourient et la trouvent intelligente. Jalouse surtout parce qu'elle est la petite amie de Simon Vanesse et qu'il lui donne la main lorsqu'ils sont ensemble et qu'il l'embrasse le soir à la sortie des classes. Grrr ! Décidément, Arielle déteste cette fille. Elle la déteste parce qu'elle a tout ce qu'elle n'a pas. « Faut pas s'en faire : elle va finir par engraisser à force d'avaler tout ce sucre ! » lui dit Elizabeth chaque fois qu'elles la voient siroter son chocolat chaud sur les gradins du centre sportif en compagnie de ses trois esclaves : Daphné Rivest, Judith Mongeau et Bianca Letarte, aussi appelées les « trois clones ». Difficile de les différencier, tant elles se ressemblent. On dirait des triplées. Elles s'habillent dans la même boutique, ont la même coiffure à la mode, la même couleur de mèches, mangent les mêmes plats à la cafétéria et parlent sur le même ton condescendant.

– Arielle !

La voix de son oncle Yvan la tire de ses pensées. Elle vient du rez-de-chaussée. La chambre d'Arielle est au premier étage.

– Lève-toi, Arielle !

Ça n'a rien d'une requête, c'est un ordre. Elle y est habituée.

– Je descends !

Arielle regarde l'heure sur le réveil : il est 7 h. L'autobus passe devant chez elle à 8 h, tous les matins.

Il fait sombre. Les rideaux sont encore fermés. Arielle repousse les couvertures et s'apprête à sortir du lit lorsqu'elle aperçoit une ombre dans le coin de sa chambre. Elle sursaute : on dirait la silhouette d'une personne. Elle est rapidement rassurée ; il s'agit en fait de la vieille caméra vidéo de son oncle. L'appareil est posé sur un trépied et l'observe de son œil unique. Il n'était pas là hier soir quand elle s'est couchée. Arielle remarque qu'un fil noir part de la caméra et va jusqu'à la petite télévision qui se trouve sur son bureau. Un mot est accroché à la caméra :

JOYEUX ANNIVERSAIRE !
APPUIE SUR PLAY

L'écriture lui est familière. Sûrement celle de son oncle. Il était complètement ivre hier soir lorsqu'elle est rentrée. Il s'est peut-être réveillé en pleine nuit et a décidé d'enregistrer ce message pour se faire pardonner d'avoir oublié son anniversaire. Non, Arielle se dit que c'est peu probable : son oncle n'est pas le genre d'homme à avoir des remords. Pourquoi a-t-il installé la caméra dans sa chambre alors ? Qu'a-t-il donc de si important à lui dire ? Il faut nécessairement que ce soit important pour qu'il ait pris la peine de se filmer au milieu de la nuit. À bien y penser, elle n'est pas du tout certaine de vouloir visionner le message. Son oncle était sans doute encore soûl quand il l'a enregistré. Elle a peur d'être une nouvelle fois déçue par sa conduite et ses propos décousus. Le voir dans cet état l'attriste beaucoup.

Arielle se lève malgré tout. C'est la curiosité qui la pousse à agir. Elle veut savoir ce que cette caméra a vu et entendu, même si cela risque de l'éloigner encore plus de son oncle.

Elle allume la télévision et appuie sur la touche de mise en marche de la caméra, puis retourne s'asseoir sur son lit et attend de voir ce qui va arriver.

Pendant un moment, il ne se passe rien. C'est le noir complet. Puis une lumière s'allume. Arielle reconnaît sa lampe de chevet. La scène se déroule donc dans sa chambre.

« *Je sais à quoi tu penses,* dit une voix qui n'a rien à voir avec celle de son oncle. *Mais tu te trompes.* »

C'est une voix de femme et elle provient de la télé. Arielle plisse les yeux et aperçoit une silhouette à l'écran. Cette dernière est assise sur le lit… sur *son* lit !

« *Après sa troisième bouteille de vin,* poursuit la voix, *ton oncle s'est endormi sur le divan et n'a pas bougé de là. Mais ça n'a rien d'inhabituel, pas vrai ? La caméra est là grâce à moi. Je l'ai trouvée à la cave.* »

La silhouette se rapproche de la lampe. Arielle distingue alors une partie de son visage. Sa longue chevelure noire et ses traits fins lui confirment qu'il s'agit bien d'une femme. Elle paraît jeune et fort jolie. Ses vêtements sont tous de couleur noire. Elle porte un chemisier et un pantalon en cuir ainsi qu'un long manteau, en cuir lui aussi.

« *Je vais avoir besoin de toi, Arielle,* lui dit-elle. *Ce soir.* »

Besoin d'elle ?

« *Je faiblis de jour en jour. Il ne me reste pas beaucoup de temps.* (Elle s'interrompt un moment. Arielle a l'impression qu'elle reprend son souffle.) *Écoute-moi bien : ce soir, tu dois te mettre au lit très tôt. Tu m'as bien comprise ? Regarde le médaillon que j'ai passé à ton cou.* »

La main d'Arielle cherche aussitôt le bijou et le trouve. Elle le prend entre ses doigts et l'approche de ses yeux. Il est en forme de demi-lune. Il y a une inscription gravée dessus : ED RETLA ED ALTER. Arielle n'a aucune idée de ce que ça veut dire.

« *Ne le montre à personne,* précise la jeune femme. *Grâce à lui, je pourrai communiquer avec toi.* »

Leurs regards se croisent à travers l'écran. Le temps s'arrête pendant une seconde, puis la jeune femme ajoute :

« Ne me laisse pas tomber, Arielle. N'oublie pas : ce soir, tu dois t'endormir avant le coucher du soleil. »

Elle se penche ensuite vers la lampe pour l'éteindre, ce qui expose davantage son visage à la lumière. Ses traits se précisent sous les yeux d'Arielle qui a l'étrange impression de la connaître.

– Qui es-tu ? demande la jeune fille qui est tout à fait consciente de s'adresser à un enregistrement vidéo.

« *Je suis l'ombre et toi la lumière* », répond une voix à l'intérieur d'elle-même.

Arielle appuie sur PAUSE. L'image se fige à l'écran, ce qui lui permet d'examiner la jeune femme plus en détail. Il lui faut peu de temps pour réaliser que son visage ressemble étrangement au sien.

Sans les taches de rousseur.

2

L'autobus tangue de tous côtés…

Sa carrosserie grince comme la coque d'un vieux navire. Un des pneus passe sur un nid-de-poule et tous les passagers font un bond sur leur siège. Arielle commence à avoir la nausée. Elle déteste ces déplacements en autobus, même si le trajet de chez son oncle au collège dure à peine plus de quinze minutes.

« *Mon école est la plus belle, on l'appelle la maternelle !* » Tout le monde se souvient de cette comptine. Il y a longtemps, Arielle la chantait aussi. Mais maintenant, le matin, elle fredonne plutôt ceci : « *Mon école est la plus chiante, on l'appelle collège !* » Ça fait rire Elizabeth, mais ça n'amuse pas du tout Arielle. Le nom de leur collège est C.B.J. (traduction : Collège Belle-de-Jour.) Belle-de-Jour, c'est aussi l'appellation de l'endroit où habite Arielle. En fait, le véritable nom de la ville est Rivière-Belle-de-Jour. Leur professeur d'histoire, monsieur Gravel, leur a expliqué que, à la fin des années vingt, les habitants ont laissé tomber

« Rivière » pour ne garder que « Belle-de-Jour », en référence à la fleur qui déploie ses pétales pendant le jour et les referme à la tombée de la nuit. La plupart des adultes travaillent à la fonderie Saturnie qui appartient à Xavier Vanesse, le grand-père de Simon. On y fabrique des masses et des marteaux de toutes sortes. C'est l'ouverture de cette entreprise qui a sauvé la ville en 1962. Monsieur Gravel affirme que, sans cette usine, Belle-de-Jour serait devenue une ville fantôme. Il n'y avait que des vieillards qui habitaient ici avant l'arrivée des Vanesse. Xavier Vanesse avait besoin de main-d'œuvre pour faire marcher sa nouvelle fonderie ; il a donc fait venir des centaines de jeunes ouvriers des quatre coins du pays qui sont venus s'établir ici avec leurs familles. C'est de cette façon que Belle-de-Jour s'est repeuplée dans les années soixante. Mais, contrairement à la majorité des habitants, Arielle et son oncle ne sont arrivés ici qu'en 1990. Quelques semaines seulement après la mort des parents d'Arielle.

Le cortège défile devant le collège. Tour à tour, les autobus s'immobilisent et déversent leur flot d'étudiants. Il fait froid à l'extérieur. Pour atteindre l'entrée principale, Arielle et Elizabeth doivent se frayer un chemin entre les fumeurs compulsifs et les couples-fusion qui pratiquent le bouche-à-bouche.

– Elle t'a donné son nom ? demande Elizabeth après qu'Arielle lui a parlé de la femme et du message vidéo.

Elizabeth Quintal est la meilleure amie d'Arielle.

Elles se connaissent depuis le primaire.

– Non, répond Arielle. Elle a seulement dit que je devais l'aider.

– L'aider à faire quoi ?

Arielle hausse les épaules pour lui signifier qu'elle n'en sait rien. Elizabeth fronce les sourcils. Elle réfléchit. Arielle sait ce que son amie fera ensuite : elle va resserrer l'élastique autour de sa queue de cheval et ajuster ses lunettes sur son nez, comme chaque fois qu'elle croit avoir trouvé une solution à un problème.

– Je vais dormir chez toi ce soir ! dit Elizabeth après avoir exécuté chacun des mouvements anticipés par Arielle.

– C'est pas nécessaire, réplique cette dernière.

Elizabeth la dévisage, étonnée.

– T'es folle ou quoi ?

Arielle doit vite la convaincre qu'il n'y a aucun danger, sinon Elizabeth reviendra constamment sur la question tout au long de la journée.

– Je ne sais pas trop comment l'expliquer, mais je suis certaine qu'elle ne me veut pas de mal. En plus, j'ai l'impression que ça ne serait pas bien si tu venais.

– Qu'est-ce qui te fait dire ça ?

– Je le sais, c'est tout. On peut parler d'autre chose maintenant ?

Elizabeth la jauge d'un air sceptique. Elle semble vexée.

– C'est comme tu veux…, marmonne-t-elle en détournant le regard.

Elle ne croit toujours pas Arielle mais, au moins, elle n'insistera plus pour aller dormir chez elle ce soir.

Les deux amies retrouvent Rose pour les cours du matin. Elizabeth obtient la meilleure note pour l'examen de français, et Rose, pour celui de mathématiques. La matière préférée d'Arielle, c'est l'histoire. Elle a une étonnante facilité à retenir les dates. Ça lui permet quelquefois (pas souvent) de se hisser au-dessus de la moyenne et de récolter des félicitations.

Émile, le copain de Rose, se joint à elles pour le repas du midi. Il est dans la même classe que Simon Vanesse et Noah Davidoff.

– Simon est là aujourd'hui ? lui demande Rose tout en guettant la réaction d'Arielle.

Rose est une jolie fille. Émile n'est pas mal non plus. Il n'est pas aussi beau que Simon, bien sûr, mais il a les mêmes cheveux blond clair et les mêmes yeux bleus. Il porte toujours une paire de Nike blanches sur lesquelles il a fait imprimer le nom de Rose en mosaïque. C'est sa façon de dire à tout le monde qu'il est très amoureux de sa copine.

– C'est sûr que Simon est là, répond Émile. Il est toujours là. Pourquoi tu veux savoir ça ?

– C'est pas moi que ça intéresse, dit Rose en adressant un large sourire à Arielle.

– Rose ! rétorque aussitôt Arielle, embarrassée.

Émile se tourne vers la principale intéressée.

– Quoi ? Tout le monde sait que tu le trouves de ton goût !

– On peut parler d'autre chose, s'il vous plaît ?

– Pourquoi ? Ça te gêne ?

– Arielle vous a parlé de ce qui lui est arrivé ce matin ? lance Elizabeth en prenant une bouchée de son sandwich.

Arielle lui jette un regard réprobateur, mais Elizabeth a déjà baissé les yeux sur son jus, sachant très bien que son amie ne souhaite plus aborder le sujet.

– Qu'est-ce qui s'est passé ? fait Rose.

Arielle hésite. Elizabeth n'a pas relevé les yeux. La mine basse, elle aspire du jus dans sa paille.

– Allez, raconte ! insiste Rose.

Arielle croise le regard d'Elizabeth pendant un court instant, le temps de lui faire comprendre qu'elle va L'ÉTRANGLER !

– Une femme a laissé un message vidéo chez moi.

– Il disait quoi, le message ? demande Émile.

– La femme dit qu'elle a besoin de mon aide. Mais je ne sais pas pourquoi. Elle dit aussi qu'il ne lui reste pas beaucoup de temps.

– Tu la connais ?

– Non.

Elizabeth relève soudain la tête.

– Dis-leur.

Arielle serre les lèvres et lui donne un coup de pied sous la table.

– AÏE !

Rose claque des doigts pour attirer de nouveau l'attention d'Arielle.

– Dis-leur *quoi* ?

Arielle soupire.

– La femme me ressemblait.

– Tu veux dire que...

– Elle avait le même visage que moi.

– *Exactement* le même ?

– Non. Il était plus mince. Et sa peau était plus claire.

– Une sœur jumelle ? interroge Émile, toujours aussi amusé.

– J'ai pas de sœur.

– Une cousine ?

– Peut-être. Mais ça m'étonnerait.

– Qu'est-ce que tu vas faire ? lance Rose.

– L'aider, je crois. Ça semblait être très important pour elle.

Arielle tourne la tête et voit Simon Vanesse qui pousse les portes de la cafétéria. Il est accompagné de Noah Davidoff et de deux autres de ses copains, Olivier Gignac et William Louis-Seize. Noah est le meilleur ami de Simon. Ils ont toujours été dans la même classe depuis la maternelle. Ils font aussi partie de la même équipe de hockey. Noah a la même stature athlétique que Simon, mais pas son charme... ni sa beauté.

Tous les quatre s'approchent d'une table et commencent à parler avec un autre étudiant. C'est la première fois qu'Arielle voit ce garçon. Il a les cheveux longs, plus longs que la moyenne, et porte de drôles de vêtements. Simon et lui échangent quelques mots qui ne semblent pas très amicaux. L'inconnu se lève brusquement et pousse Simon. Gignac et Louis-Seize interviennent aussitôt et se placent entre Simon et le nouveau. Un surveillant accourt sur les lieux. Il éloigne le nouveau et ordonne aux autres de se disperser.

– Ce gars-là s'en va tout droit chez le directeur, fait remarquer Rose qui, comme tous les autres, a suivi la scène avec grand intérêt.

Simon et Noah obéissent aux consignes du surveillant et prennent une direction opposée à celle de Gignac et de Louis-Seize. Le pouls d'Arielle s'accélère lorsqu'elle comprend qu'ils se dirigent vers elles. Simon regarde droit devant lui et marche d'un pas décidé, contrairement à Noah qui ralentit soudain la cadence. Il semble chercher quelque chose. Arielle l'étudie un moment. Il affiche toujours le même air impassible. Une affreuse cicatrice lui barre la joue droite, vestige d'une blessure dont personne ne connaît l'origine. Noah n'est ni laid ni beau et ne sourit pratiquement jamais. Son austérité déplaît à la plupart des filles. À ce qu'on raconte, il n'a pas de petite amie officielle.

Le regard scrutateur de Noah continue de se promener dans la cafétéria. Il s'arrête lorsqu'il rencontre celui d'Arielle. Elle baisse les yeux, gênée d'avoir été surprise en train de l'observer.

– Noah vient par ici, murmure Elizabeth comme si elle essayait de les prévenir d'un danger imminent.

Rose et Émile le saluent, mais Noah ne répond pas. Arielle relève lentement la tête. Il est devant elle et la domine.

– Joli médaillon, lui lance-t-il sans aucune émotion.

Arielle incline la tête et porte immédiatement la main à sa poitrine pour vérifier si le bijou est toujours là. Elle est rassurée : il est bien là, sous son chemisier, elle le sent sur sa peau.

– Arielle, ça va ? lui demande Rose.

Elle ne sait pas quoi répondre. Noah la fixe un moment, puis s'éloigne.

– Arielle, dis quelque chose ! De quel médaillon parle-t-il ?

Arielle se tourne vers Elizabeth et Rose.

– Je ne l'ai montré à personne, dit-elle. Comment peut-il être au courant ?

Le dernier cours est terminé. Arielle se rend à son casier pour prendre ses affaires. Elizabeth est déjà là. Elle a son manteau sur le dos et l'attend, les bras croisés, une épaule appuyée contre la porte de son casier. Arielle devine à son air qu'elle est encore fâchée.

– N'insiste pas, Eli. Je ne te montrerai pas le médaillon.

– Rose aussi aimerait le voir.

– Elizabeth, je ne peux pas.

– Qui a dit ça ?

– La femme.

– Et tu la crois ?

– Elle l'a dit et ça me suffit. Pousse-toi, on va manquer notre autobus.

Elizabeth observe Arielle pendant un moment, puis s'éloigne, lui permettant enfin d'accéder à son casier. Arielle se dépêche de remplir son sac de livres et de revêtir son manteau. Elles traversent en vitesse le hall vitré qui donne sur la cour arrière du collège, là où tous les autobus attendent leurs passagers. À la sortie, Elizabeth lui donne un coup de coude. Arielle lève la tête et aperçoit Simon Vanesse et Léa Lagacé qui s'embrassent à pleine bouche à moins d'un mètre d'elles. « L'agacée » (c'est le surnom qu'Arielle et Elizabeth donnent à Léa) ouvre les yeux un bref instant et s'aperçoit qu'Arielle les regarde. Elle s'interrompt en plein acte et lui agrippe le bras alors qu'elle passe à côté d'eux.

– Tu regardais quoi, « l'orangeade » ?

Léa n'adresse pas souvent la parole à Arielle (un peu comme si elle avait la lèpre, ou quelque chose du genre), mais, chaque fois qu'elle le fait, elle l'appelle « l'orangeade ».

– Alors ?

Arielle baisse les yeux. Elle souhaiterait avoir le courage de lui répondre : « Hé ! "l'agacée", arrête de t'énerver ! », mais rien ne sort de sa bouche. Un sourire malicieux se dessine alors sur le visage de « l'agacée ». Elle devine le trouble d'Arielle :

– T'aimerais ça, embrasser mon copain, hein ?

Arielle sent la chaleur lui monter au visage.

En une fraction de seconde, ses joues passent du blanc au rouge. Et le plus choquant, c'est qu'elle ne peut rien y faire. Elle reste là, plantée comme un piquet, à clignoter comme un feu de circulation.

– Relaxe, Léa, intervient Simon. Elle ne t'a rien fait.

Arielle a-t-elle bien compris ? Simon s'est porté à sa défense ? *Ce n'est pas la première fois qu'il le fait*, se dit-elle. À l'école primaire, il a empêché le gros Simard de se moquer d'elle devant toute la classe. Elizabeth ne se lasse jamais d'entendre cette histoire. C'est en partie grâce à elle qu'Arielle ne l'a jamais oubliée. C'était à l'automne, pendant un cours d'éducation physique. Le professeur avait décidé que les élèves joueraient au ballon chasseur à l'extérieur. Il avait désigné Simon et le gros Simard comme capitaines. Tour à tour, ceux-ci avaient choisi un élève pour faire partie de leur équipe. Arielle était toujours sélectionnée la dernière et, bien évidemment, il en fut de même ce jour-là. Elle était adossée au mur en béton de l'école et attendait que le gros Simard prononce son nom (il ne restait qu'elle et c'était à lui de choisir). Mais, au lieu de l'appeler, le gros Simard avait quitté les rangs et s'était approché d'elle. Arielle se souvient encore de son petit sourire cruel. « On vous la laisse ! » avait-il annoncé haut et fort. Pour les initiés, ce fameux « on vous la laisse » signifie en fait « elle est trop pourrie, on préfère se passer d'elle ». Ceux qui se sont déjà retrouvés dans cette situation vous confirmeront qu'il n'y a rien de plus humiliant.

Dans le cas d'Arielle, ce n'était pas la première fois. « Simard, laisse-la tranquille ! », s'était alors écriée une voix derrière eux. Même si elle ne l'avait pas vu prononcer ces paroles, Arielle savait que c'était Simon qui était intervenu. Le gros Simard s'était alors figé, à seulement quelques centimètres d'elle, et elle avait vu ses petits yeux de cochon s'agrandir d'un seul coup. Personne n'osait se dresser contre Simon Vanesse, pas même les grands de sixième année. Déjà à cette époque, Simon était l'élève le plus populaire et le plus respecté de Belle-de-Jour. En silence, les épaules tombantes en signe de soumission, le gros Simard était donc allé retrouver son équipe. Ça n'avait pas été suffisant pour rétablir complètement la réputation d'Arielle, mais ça l'avait tout de même rendue très heureuse.

Arielle relève la tête un moment, assez pour croiser le regard de Simon pendant une courte seconde. « L'agacée » se retourne aussitôt vers lui et le dévisage.

– T'es pas bien ou quoi ? lui lance-t-elle. Tu défends cette petite conne ?

Elle est en colère contre lui. *Parfait !* se dit Arielle. *Il va peut-être enfin se rendre compte qu'elle n'est pas faite pour lui et qu'il mérite mieux. Moi, par exemple.*

– Arrête ! ordonne Simon à Léa. J'aime pas ça quand tu te fais remarquer.

Les autres collégiens observent la scène en silence. Ils sont heureux de ne pas être à la place d'Arielle.

– Ne te réjouis pas trop vite, « l'orangeade » ! déclare Léa en lâchant le bras d'Arielle.

D'un geste impatient, « l'agacée » lui fait signe de s'éloigner. Simon et elle recommencent à s'embrasser. Arielle a presque envie de s'excuser de les avoir dérangés ; indisposer le couple Vanesse-Lagacé équivaut à se mettre à dos deux grosses vedettes du *show-business*, en plus de tous leurs fans. Simon et Léa sont les deux personnes les plus populaires de l'école. Tous les gars rêvent d'être Simon ; et toutes les filles, d'être Léa. Plusieurs sont même prêts à sacrifier leurs vieilles amitiés juste pour avoir la possibilité de les fréquenter à l'occasion.

– Pourquoi t'as rien dit ? demande Elizabeth à Arielle alors qu'elles reprennent leur course vers l'autobus.

– Tu voulais que je dise quoi, au juste ?

– Que tu la remettes à sa place !

Arielle secoue la tête.

– Elizabeth, Léa est la copine de Simon Vanesse !

– Et alors ?

L'autobus n'est pas loin. Les portes commencent à se refermer. Arielle fait signe au chauffeur de les attendre. Il ne la voit pas.

– Elizabeth, il va partir sans nous !

Elizabeth est aussi impuissante qu'Arielle.

– Je m'en occupe ! s'écrie soudain une voix derrière elles.

Un garçon les dépasse comme une flèche sur leur droite. Il arrive à l'autobus avant elles et cogne sur la porte avec son poing.

– Attendez ! hurle-t-il.

La porte du véhicule s'ouvre. Le garçon n'entre pas tout de suite. Arielle le reconnaît à cause de ses cheveux longs qui battent au vent : c'est le nouveau, celui qui s'est chamaillé avec Simon et sa bande à la cafétéria.

– Après vous, mesdemoiselles, fait-il avec un large sourire.

Visiblement, il est heureux de les avoir aidées. Son grand corps est recouvert d'un long manteau brun, ouvert sur un chandail noir à col roulé. Aux pieds, il porte de vieilles bottes de caoutchouc de couleur grise et, à chaque poignet, un large bracelet de cuir orné de boutons d'argent en forme de chouette. Son petit air arrogant déplaît à Arielle, tout autant que son allure étrange. Elizabeth et elle le remercient tout de même et montent dans l'autobus. Il les suit et choisit un banc qui est situé derrière le leur.

– Mon nom est Emmanuel Lebigno, dit-il. C'est d'origine italienne.

– Tu es nouveau ? demande Elizabeth en se retournant.

– C'est si évident que ça ?

– Où habitais-tu avant ?

– En ville.

– Pourquoi as-tu déménagé ?

– J'ai été obligé de changer d'école. Ma grand-mère m'a emmené vivre ici.

Elizabeth jette un coup d'œil excité à Arielle.

– Et pourquoi as-tu été obligé de changer d'école ?

Emmanuel prend un air sérieux. Il se penche vers elles, puis répond :

– Des démons ont essayé de me tuer.

3

Elizabeth se fige…

Et ses yeux, déjà grands derrière ses lunettes, s'écarquillent davantage.

– Ah bon ! C'est… euh… c'est une bonne raison pour changer d'école, bredouille-t-elle.

Cela met un terme à la conversation. Du coin de l'œil, Arielle voit Emmanuel qui sourit : il s'est moqué de son amie et trouve cela fort amusant. Elle n'apprécie pas du tout son humour.

Il descend de l'autobus deux arrêts avant elles.

– Tu crois que des démons ont vraiment essayé de le tuer ? demande Elizabeth en le regardant s'éloigner par la fenêtre.

– Il n'était pas sérieux, réplique Arielle.

– Tu en es certaine ?

– Absolument.

Elizabeth réfléchit un moment puis dit :

– Il est beau, tu trouves pas ?

Arielle a tout de suite envie de répondre qu'il n'est pas son genre, mais doit admettre au bout de quelques secondes de réflexion qu'Elizabeth a peut-être raison : il a effectivement un petit quelque chose. Ses cheveux longs, son sourire arrogant et sa tenue bizarre lui donnent un air rebelle qui n'a rien de déplaisant.

– Il est pas mal, admet Arielle en sachant que cela fera plaisir à son amie.

Le regard d'Elizabeth s'illumine et elle se met à sourire. *Elle est comme ça, ma meilleure amie,* songe Arielle. *Il lui suffit d'une simple conversation pour tomber amoureuse !*

Comme toujours, Brutal accueille Arielle lorsqu'elle rentre à la maison. Il miaule pour la saluer, puis retourne à ses occupations – qui, selon sa maîtresse, se résument à manger et à dormir !

Arielle traverse le salon et se rend à la cuisine.

– Bonsoir, mon oncle, lance-t-elle en déposant son sac sur la table.

Son oncle est pharmacien. Il est propriétaire d'une petite pharmacie dans le centre-ville. Ses affaires vont bien, ils ne manquent jamais de rien.

Il la salue d'un signe de tête. Il a déjà commencé à boire. Une bouteille de vin entamée est posée devant lui, sur le comptoir. À première vue, personne ne peut deviner qu'il est alcoolique. Il est grand et mince, et donne l'impression d'être en parfaite santé, tout autant physique que mentale. Sa coupe de cheveux classique et sa barbe bien taillée s'harmonisent parfaitement à son image de professionnel. Son air raisonnable, à la limite de l'austérité, est considéré par plusieurs comme une marque d'expérience. Les autres habitants de Belle-de-Jour disent de lui que c'est un homme sérieux et en pleine possession de ses moyens. Seules Arielle et Elizabeth sont au courant de sa dépendance à l'alcool.

– Tu as passé une bonne journée ? lui demande Arielle.

Yvan hausse les épaules, sans répondre.

– J'ai beaucoup de devoirs. Je ferais mieux de commencer tout de suite.

– Juliette est passée aujourd'hui, dit son oncle. Elle a fait des macaronis. Regarde dans le réfrigérateur.

Il remplit son verre de vin et quitte la pièce. Arielle l'entend qui passe au salon et allume la télévision.

Juliette vient deux fois par semaine faire le ménage et préparer des plats pour eux. L'oncle d'Arielle déteste cuisiner (heureusement, car il a bien failli les empoisonner la dernière fois qu'il a essayé de faire cuire du poulet !).

Arielle ouvre son sac et en tire le roman que son professeur de français leur a demandé de lire pour le mois prochain. Le titre est *Docteur Jekyll et Mister Hyde.* Il lui faudra le commencer dès ce soir. Arielle entend de nouveau les paroles de la femme dans son esprit : « *N'oublie pas : ce soir, tu dois t'endormir avant le coucher du soleil.* »

Arielle fait réchauffer des macaronis dans le micro-ondes, puis monte dans sa chambre pour faire ses devoirs. Elizabeth téléphone un peu avant 17 h.

– Tu n'as pas changé d'idée ? Je peux toujours venir si tu veux.

Arielle la rassure aussitôt :

– Ça va aller.

– Tu vas réussir à dormir ?

– Je sais pas. Mon oncle a des pilules dans sa chambre. Je pourrais en prendre une.

– Mauvaise idée, Arielle. Mon père dit que ces pilules-là sont très nocives pour la santé.

– Elizabeth, ton père est apiculteur. Qu'est-ce qu'il connaît aux pilules ?

– Il en connaît plus que toi, en tout cas.

Arielle ne peut s'empêcher de soupirer.

– D'accord, dit-elle, je ne prendrai pas de pilules. Ça te rassure ?

– Pour le moment.

Arielle promet à Elizabeth de l'appeler si quelque chose de fâcheux se produit et elles raccrochent. Brutal vient se coucher à ses pieds et se met à ronronner. Elle a le temps de lire quelques pages de *Docteur Jekyll et Mister Hyde* avant de s'endormir. Sans pilule.

« Arielle ? Arielle, tu es là ? »

Une voix s'adresse à elle dans ses rêves.

« Arielle, ce n'est pas un rêve. »

Ses paupières sont lourdes. Tout son corps est lourd. Elle n'arrive pas à bouger ses doigts ni ses pieds. On dirait que la couverture qui la recouvre pèse trois tonnes. Elle est prisonnière de son lit.

« Il suffit que tu t'éveilles, Arielle. Ton esprit contrôle chacun de tes membres, que tu sois endormie ou non. »

Arielle se force à ouvrir les yeux. Le sang recommence à circuler dans ses bras et dans ses jambes. La couverture s'allège et la jeune fille réussit à bouger.

La voix résonne à nouveau dans sa tête :

« *Tu es éveillée maintenant* », lui dit-elle.

Arielle regarde autour d'elle. Elle est bel et bien dans sa chambre. Le réveil indique 21 h 23.

– Tu es la femme avec qui j'ai parlé ce matin ?

« *Oui.* »

– Où es-tu ?

« *À l'intérieur de toi.* »

– À l'intérieur de moi ?

« Le médaillon me permet de communiquer avec toi. »

Arielle sent le bijou qui se réchauffe sur sa poitrine. La voix continue :

« J'aurais pu l'utiliser ce matin, mais je craignais de t'effrayer. Voilà pourquoi j'ai eu recours à la caméra de ton oncle. »

– Et tu penses que ça ne m'effraie pas maintenant ?

« *Je croyais que tu avais déjà compris qui j'étais.* »
– Pas encore, non. Alors, qui es-tu ?
Il y a un silence, puis la voix dit :
« *Mais je suis toi, Arielle…* »

4

– Tu es moi ?…

Difficile pour Arielle d'admettre que ce soit possible sans admettre aussi être devenue complètement folle.

« *Une autre version de toi* », répond la voix.

– Je suis en train de rêver…

Arielle se redresse dans son lit et commence à chercher le téléphone.

« *Arielle, calme-toi.* »

– Où est ce maudit téléphone ?

« *Tu veux parler à Elizabeth ? Ça ne nous aidera en rien, tu sais.* »

– On verra…

L'adolescente entend du bruit. Il y a quelqu'un d'autre dans la pièce.

– C'est ça que tu cherches ? dit une voix qui, cette fois-ci, est bien réelle.

La lumière s'allume brusquement et Arielle aperçoit une énorme bête poilue dans un des coins de sa chambre. Elle ne peut retenir un hurlement.

La bête est assise sur une chaise et tient le combiné du téléphone entre ses griffes.

– Arielle, n'aie pas peur, c'est juste moi.

La voix de la créature est tout à fait normale et n'a rien du rugissement auquel Arielle se serait attendue.

– Tu ne me reconnais pas?

Arielle l'examine davantage. La bête ressemble à un gros tigre. Elle porte des vêtements et des chaussures. Le pelage de sa figure est gris et blanc. Elle a aussi de longues moustaches blanches et une encoche sur l'oreille gauche qui rappelle quelque chose à Arielle. Plus cette dernière l'observe, plus elle lui semble familière. À vrai dire, la bête ressemble beaucoup à… son chat Brutal.

«*C'est bien lui*», dit la voix.

– Quoi?

La bête hoche la tête.

– Ça te surprend, hein?

Arielle n'en croit pas ses yeux.

– Brutal?

Il fait oui de la tête et se met à rire.

– Tu devrais voir ta tête, maîtresse!

Arielle a envie de lui demander quelle tête on devrait avoir quand on réalise qu'un chat d'un mètre quatre-vingts est en train de vous faire la conversation.

«*Je vais tout t'expliquer,* dit la voix de la femme. *Brutal est un animalter. La nuit, il se métamorphose et prend une forme humaine, pour mieux servir son maître alter.*»

– Son maître alter ? répète Arielle, intriguée.

« *As-tu déjà entendu parler du syndrome de personnalités multiples ?* »

– Une fois, dans un film.

« *"Alter" est le mot qu'on utilise pour désigner les différentes personnalités qui se développent chez les gens atteints de cette maladie.* »

– Tu es en train de me dire que je suis folle ?

« *Non. Tu ne souffres pas d'une maladie. Ton cas est différent.* »

– Et l'alter en question, c'est toi ?

« *Oui. Je vis en toi, Arielle. Habituellement, j'ai une autonomie totale dès l'instant où tu t'endors. Je prends le relais, en quelque sorte. Mais tu n'en as pas conscience ; ton esprit demeure à l'état de repos pendant tout le processus. Voilà pourquoi tu ne ressens aucune fatigue le matin, au réveil, et c'est aussi ce qui explique l'amnésie complète.* »

– Tu contrôles mon corps pendant la nuit ?

« *Tu vis le jour et moi, la nuit. Mais tout ça va changer, grâce au médaillon. Il te permet de communiquer avec moi, mais aussi de garder le contrôle de ton corps.* »

– Comment dois-je t'appeler ?

« *Elleira. C'est Arielle à l'envers. C'est ainsi que nous nous distinguons de ceux-qui-vivent-le-jour.* »

– Il y en a d'autres comme toi ?

« *Beaucoup d'autres, oui. Et tu vas les rencontrer dès ce soir. Tu es toujours d'accord pour m'aider ?* »

Arielle hésite avant de répondre :

– Qu'est-ce que je dois faire ?

« *Une seule chose : te présenter chez Simon Vanesse. Son alter, Nomis, donne une fête ce soir. Nous devons absolument y être.* »

– Simon Vanesse a un alter lui aussi ?

« *Et pas le moindre.* »

Maintenant, j'ai au moins un point commun avec lui, se dit Arielle.

– Pourquoi dois-tu aller à cette fête ?

« *Je ne peux rien te dire pour l'instant.* »

Arielle réfléchit un moment. Après tout, ce n'est qu'une fête. Et Simon sera là.

« *Ne t'approche pas de Nomis* », la prévient Elleira.

Elle peut lire dans ses pensées. Arielle l'avait oublié.

– Il est dangereux ?

« *Présente-toi à la fête*, fait Elleira. *Je m'occuperai du reste. Tu récupéreras définitivement ton corps demain matin, c'est promis. Cette nuit sera ma dernière nuit.* »

Que sous-entend-elle par « dernière nuit » ?

« *Je vais m'éteindre, Arielle.* »

– Tu veux dire que tu vas mourir ?

Un moment de silence, puis Elleira répond :

« *Oui, avant le lever du jour.* »

5

« Lève-toi maintenant. »

Arielle obéit à Elleira et sort du lit. Brutal est toujours confortablement installé sur la chaise. Il lui fait un sourire, puis lui adresse un clin d'œil complice qui semble vouloir dire : « C'est vraiment moi, tu sais. »

Elleira lui demande ensuite de se placer devant le miroir et de poser une main sur le médaillon.

« *Il n'existe que deux exemplaires de ce médaillon. Il permet à celui qui le porte de conserver le contrôle de son corps, mais aussi de prendre la forme de son alter. Attention cependant : cela ne fonctionne que la nuit ; tu retrouveras ton apparence originale dès qu'il fera jour, et ce, même si tu portes toujours le médaillon.* »

Prendre la forme de son alter ? Arielle ne comprend pas ce qu'Elleira veut dire.

« *Attends, tu vas voir. Prononce les paroles qui sont gravées sur le médaillon.* »

Arielle jette un coup d'œil à l'inscription sur le bijou et répète les mots à voix haute :

– Ed Retla ! Ed Alter !

C'est à ce moment que les changements se produisent. Arielle peut tout observer dans le miroir : elle voit sa chevelure qui se met lentement à défriser. Les boucles se défont une à une, puis ses cheveux s'allongent et prennent une teinte plus sombre.

– Qu'est-ce qui m'arrive ?

« *Tu deviens moi...* », réplique la voix posée d'Elleira.

Les muscles de ses bras et de ses jambes lui font soudain très mal. On dirait que quelqu'un tire sur ses membres ; elle a l'impression qu'ils vont se rompre si ça ne s'arrête pas. Ses cheveux tombent maintenant sur ses épaules et continuent d'allonger. Ils sont noirs comme du jais. Elle prend plusieurs centimètres. Sa peau s'éclaircit et ses taches de rousseur disparaissent. Des rondeurs se dessinent au niveau de sa poitrine et elle sent que son pyjama se serre sur son corps.

« *Alors, ça te plaît ?* » demande Elleira.

Arielle cligne des yeux à plusieurs reprises pour clarifier sa vision. Son corps a pris une forme différente : elle est grande et svelte. Sa peau est claire et sans imperfections. Ses cheveux ne sont plus roux ni frisés ; ils sont longs et noirs.

– Voilà pourquoi je trouvais que tu me ressemblais, dit-elle en reconnaissant la femme qui apparaissait dans le message vidéo.

« *Ce n'est pas tout. Il faut aussi que tu changes de vêtements.* »

Elleira dirige Arielle vers le placard.

« *Il y a un double fond. Appuie sur le papillon jaune.* »

Le fond du placard est tapissé d'un papier peint fleuri.

– Il n'y a pas de papillon, fait remarquer Arielle. Juste des fleurs.

« *Un peu plus bas, sur ta droite*, répond Elleira. *Il a la même forme que la tache de naissance sur ton épaule.* »

Arielle relève sa manche et observe la tache blanche sur son épaule. Elle n'avait jamais réalisé avant aujourd'hui qu'elle ressemblait à un papillon. La jeune fille scrute à nouveau le papier peint et découvre enfin le papillon jaune, à l'endroit exact où l'a indiqué Elleira. C'est bien vrai : il est identique à sa tache de naissance. Elle tend le bras et exerce une légère pression dessus. Une ouverture se dégage aussitôt dans le mur. Il s'agit d'un second placard. Il y a trois assortiments de vêtements pendus à l'intérieur. Chacun d'eux est composé d'un pantalon, d'un chemisier, d'un long manteau en cuir et d'une paire de bottes.

« *Tu peux y aller. Ils sont à toi dorénavant.* »

Arielle s'avance et choisit un ensemble. Ce faisant, elle remarque, dans le mur situé derrière la penderie, une petite niche qui abrite toute une série de petits cylindres en argent.

– Qu'est-ce que c'est que ça ?

« *Je t'expliquerai plus tard*, réplique Elleira. *Allez, habille-toi. Nous avons déjà pris beaucoup de retard. Il faut partir.* »

Arielle enfile rapidement ses nouveaux vêtements et retourne au miroir pour admirer le résultat.

– Miaouuuuu ! lance Brutal du fond de la pièce. T'es aussi *sexy* que Catwoman, maîtresse !

Brutal a raison : l'effet produit est extraordinaire. Arielle se sent terriblement séduisante. Les vêtements moulent parfaitement ses nouvelles formes. C'est la première fois de sa vie qu'elle se trouve aussi belle. Les larmes lui montent aux yeux.

– Ce soir, je suis tout ce que j'ai toujours rêvé d'être.

« *Et beaucoup plus encore, crois-moi,* ajoute Elleira. *Alors, tu vas m'aider ?* »

– C'est dangereux ?

« *Pas si tu fais exactement ce que je te dis.* »

Arielle la croit, mais ce n'est pas ce qui l'incite à accepter ; la perspective de se présenter à la fête de Simon avec ce nouveau corps contribue beaucoup plus à la convaincre.

– C'est d'accord, dit-elle, je vais te donner un coup de main.

Brutal se lève et vient la retrouver.

– J'ouvre la marche, maîtresse. Tu me rejoins à l'extérieur ?

– Attendez ! Qu'est-ce qui arrive si mon oncle décide de monter voir si je dors ?

– Aucune chance, répond Brutal : il a vidé une bouteille de whisky. Il ronflera jusqu'au petit matin.

6

Ils descendent au rez-de-chaussée
et traversent le salon pour se rendre à la cuisine…

L'oncle d'Arielle est étendu sur le divan. Il dort profondément. Ils sortent de la maison par la porte de la cuisine qui donne sur la cour arrière. La nuit est fraîche, mais curieusement Arielle n'a pas froid. Elle regarde sa montre. Il est près de 22 h.

« *Il faut nous rendre au manoir Bombyx,* dit Elleira. *Le soleil se lèvera à 6 h 30. Il nous reste un peu plus de huit heures.* »

– Le manoir Bombyx ? s'étonne Arielle. Mais c'est à au moins trente minutes en voiture.

– Pas besoin de voiture, déclare Brutal.

Il agrippe les deux pans de son manteau et les repousse vers l'arrière. Une brise se lève aussitôt et se met à tourbillonner autour de lui. Elle gagne rapidement en force. Le vent se glisse sous son manteau et fait claquer chacun des pans comme un coup de fouet. Doucement, Brutal commence à s'élever dans les airs. Arielle suit sa progression sans pouvoir détacher ses yeux de lui. Il flotte maintenant à plusieurs mètres au-dessus d'elle.

– Nous serons là-bas en moins de dix minutes, assure-t-il en lui faisant signe de l'imiter.

– Comment tu arrives à faire ça ?

– Nous sommes des créatures de la nuit, Arielle. La lune est notre mère. Elle veille sur nous et nous protège. Grâce à elle, nous pouvons accomplir des choses extraordinaires. Allez, viens !

À son tour, Arielle repousse les pans de son manteau. Une brise vient aussitôt se lover contre elle. Elle s'infiltre dans ses vêtements et lui caresse la peau. La jeune fille a soudain l'impression d'être légère comme une plume. Ses pieds se soulèvent. Elle doit recroqueviller ses orteils pour garder contact avec le sol.

– Hé ! pas si vite !

– Détends-toi, Arielle, lui dit Brutal. Il n'y a aucun danger.

Arielle ferme les yeux et essaie de retrouver son calme. Son manteau se gonfle d'air et elle s'élève encore un peu. À un moment, elle réalise qu'elle ne touche plus le sol ; ses jambes vont et viennent dans le vide. Elle parvient enfin à rejoindre Brutal, mais ne réussit pas à se stabiliser et continue de monter comme un ballon rempli d'hélium. Elle sent soudain la patte de Brutal sur son mollet. Il tire sur sa jambe et la fait redescendre lentement vers lui.

– Ça va ? lui demande-t-il lorsqu'ils se font face.

– On va dire...

Brutal lui sourit. Arielle se demande si elle s'habituera un jour à son gros visage de chat et à ses expressions tellement humaines.

– C'est comme être dans l'eau, explique Brutal. Tu sais nager, pas vrai ?

Elle fait signe que oui.

– Dans l'eau, tu dois faire aller tes bras et tes jambes pour te déplacer. (Arielle acquiesce de nouveau.) Ici, c'est la même chose, excepté que ce ne sont ni tes bras ni tes jambes qui contrôlent tes déplacements, mais ton esprit.

Arielle inspire profondément et tente de se concentrer davantage. Elle essaie de s'imaginer qu'elle est au milieu d'un lac. Elle se laisse porter par la vague. De petits mouvements subtils suffisent pour la maintenir à flot.

– Voilà, ça y est, fait Brutal en relâchant graduellement sa prise.

Arielle remonte légèrement, mais réussit sans trop de difficulté à se replacer face à lui. Elle est à la fois surprise et heureuse de planer ainsi au-dessus du quartier. Brutal la félicite et lui demande d'être attentive à ce qui va suivre. Il rapproche ses jambes l'une de l'autre et joint les mains au-dessus de sa tête.

– Pour voler, vaut mieux copier la technique de Superman, dit-il alors que tout son corps s'incline vers l'avant. C'est plus aérodynamique et ça réduit les risques de collision avec la « volaille ».

Avec une étonnante aisance, Arielle reproduit les mêmes mouvements et se retrouve elle aussi en position horizontale. Elle découvre que le corps des alters est plus gracieux et définitivement plus agile que celui des humains.

– Viens, suis-moi ! lance Brutal en disparaissant dans la nuit.

Arielle se concentre de nouveau et s'élance à sa suite. Elle réussit sans peine à le rejoindre. Le vent siffle dans ses oreilles, tellement sa vitesse de vol est rapide. Brutal et elle fendent l'air comme deux flèches décochées dans la même direction. Le froid devrait mordre la peau du visage de la jeune fille, mais il ne fait que l'effleurer. En dessous d'eux défilent les derniers quartiers résidentiels de la ville. Ils bifurquent vers le centre-ville puis vers la station de ski du mont Soleil, où sont regroupés la majorité des complexes hôteliers de la région. Ils contournent la montagne par son flanc ouest et foncent ensuite vers les forêts du nord.

– Là-bas ! s'écrie Brutal en pointant le doigt vers une large clairière.

Arielle aperçoit enfin le lac Croche. Il y a plusieurs points de lumière qui scintillent sur l'une des rives. Elles proviennent du manoir Bombyx.

– Attention à l'atterrissage ! la prévient Brutal. Garde les jambes molles ! Fais comme si c'était deux ressorts !

L'adolescente fait oui de la tête, doutant que sa voix soit assez puissante pour couvrir le bruit du vent. Ils commencent à descendre. Le manoir se rapproche rapidement et Arielle remarque que Brutal a changé de position. Il ne fonce plus la tête la première. Sa vitesse a diminué et ses jambes sont passées à l'avant. Il a écarté les bras et se dirige à la façon d'un parachutiste qui s'apprête à toucher le sol. Elle essaie de l'imiter et réussit à se retourner sans trop de difficulté. Le vent s'engouffre de nouveau sous son manteau. Elle est soudain moins lourde et a l'impression de planer. Brutal approuve en levant le pouce, puis lui indique un bosquet à l'écart du manoir. C'est là qu'ils doivent se poser. Elle lui fait signe qu'elle a compris et ils prennent tous deux la direction de l'endroit désigné. Brutal atterrit le premier. Il se pose en douceur, comme s'il avait fait ça toute sa vie, ce qui n'est pas le cas d'Arielle. Elle réalise qu'elle n'a pas suffisamment réduit sa vitesse. Le bosquet se rapproche à vive allure. Brutal lui fait de grands signes avec ses bras. Trop tard. Elle ferme les yeux. Ça va faire mal.

Tout se passe très vite. Arielle entend les branches craquer dès l'instant où elle percute la cime d'un arbre. Elle sait qu'elle va s'écraser au sol, rien ne pourra plus empêcher cela maintenant. Son corps va se disloquer sous l'effet du choc. Tous ses os vont se briser. Elle ne pourra plus jamais marcher. Elle s'imagine déjà passer le reste de ses jours dans un fauteuil roulant.

Il lui faut quelques secondes pour prendre conscience que sa chute s'est arrêtée. Curieusement, l'impact n'a provoqué aucune douleur. Arielle a plutôt l'impression de flotter. *Normal que je ne ressente plus rien,* songe-t-elle, *ma colonne vertébrale est brisée!*

« *Il faut beaucoup plus qu'une simple chute pour abîmer un corps d'alter* », lui dit la voix réconfortante d'Elleira.

Une simple chute ? Selon Arielle, ça ressemble beaucoup plus à un écrasement !

Elle ouvre les yeux et aperçoit le visage de Brutal. Ses yeux en amande la contemplent. Elle repose dans ses bras. Il l'a attrapée au dernier moment.

– Ta technique d'approche doit être retravaillée, déclare-t-il.

Arielle acquiesce en silence, heureuse d'être encore en vie. Brutal la pose sur le sol et commence à épousseter son manteau du revers de la patte.

– Tu as aimé ton vol ? lui demande-t-il.

– Oui, sauf la dernière partie.

– Pas si mal pour une première fois.

– Trop gentil.

Brutal l'entraîne vers un endroit où il leur est possible d'observer la façade du manoir sans être vus. Plusieurs voitures sont garées sur l'esplanade, devant le large escalier de marbre qui mène à la terrasse. C'est à ce niveau que se trouve l'entrée principale.

– Certains alters préfèrent les moyens de transport traditionnels, affirme Brutal pour expliquer la présence des voitures.

Le portail est gardé par deux hommes à tête de chien. On dirait des dobermans. Ils sont grands et élancés. Ils portent les mêmes vêtements que Brutal et Arielle.

– Des animalters canins, dit Brutal avec dégoût. Je déteste les animalters canins.

Arielle ne peut détacher ses yeux des deux dobermans.

– Il y a d'autres animaux qui sont capables de se transformer comme tu le fais ?

Brutal acquiesce :

– Comment crois-tu que les perroquets ont appris à parler ?

Un jeune homme rejoint les deux animalters sur la terrasse du manoir et commence à discuter avec eux. Arielle reconnaît la cicatrice sur sa joue : c'est Noah Davidoff. Un Noah Davidoff différent cependant : il paraît plus grand et plus costaud. La dureté de ses traits est encore plus marquée. Il n'a pas l'air d'un garçon de seize ans ; on lui donnerait facilement deux ou trois ans de plus.

– C'est Razan, fait Brutal. L'alter de Noah.

– Razan ? Mais ce n'est pas l'inverse de Noah ?

« *Le vrai nom de Noah est Nazar Ivanovitch Davidoff,* explique Elleira. *C'est d'origine russe. Et à l'envers, Nazar se prononce Razan.* »

– Pourquoi il a changé de prénom ? demande Arielle.

– Pour faire plus « occidental », rétorque Brutal. Mais surtout pour augmenter sa cote de popularité auprès des filles. Tu sortirais avec un gars qui s'appelle Nazar ?

L'alter de Noah tourne la tête et jette un coup d'œil vers le bosquet où ils se trouvent.

– Il sait que nous sommes là, déclare Brutal.

Le regard d'Arielle croise celui de Razan. Elle se souvient alors de l'incident qui s'est produit ce midi à la cafétéria.

– Noah est au courant que je porte le médaillon, dit-elle.

« *Je sais* », répond Elleira.

– Ça peut nous causer des problèmes ?

« *Pas si tout se passe comme prévu…* »

7

Brutal sort du bosquet
et tend la main à Arielle
qui hésite à le suivre...

– Qu'est-ce qui va arriver s'ils découvrent que je ne suis pas Elleira ?

– Tout va bien aller. T'inquiète pas.

La jeune fille lui donne finalement la main. Ils quittent tous les deux le bosquet et commencent à marcher vers le manoir.

Elleira s'adresse à Arielle : « *Je reprendrai le contrôle de ton corps lorsque nous serons à l'intérieur du manoir. C'est essentiel pour ce que j'ai à faire. Ça ne durera pas longtemps. Je suis trop faible pour m'incarner plus de quelques minutes.* »

– J'en aurai conscience ?

« *Non. Lorsque ce sera terminé, tu auras l'impression d'avoir dormi.* »

Côte à côte, ils montent les marches de la terrasse. Arielle est nerveuse. Elle serre les poings et constate que ses mains sont moites. Il est important qu'elle ne laisse rien paraître. Quelque chose lui dit que ces alters n'hésiteront pas à lui faire du mal s'ils apprennent qu'elle n'est pas l'une des leurs. « *Tout se passera bien* », lui affirme Elleira d'une voix rassurante.

Razan ne les a pas quittés des yeux depuis qu'ils sont sortis du bosquet. Arielle se dit qu'il est définitivement plus grand et plus beau que le Noah « original », celui qu'elle croise tous les jours au collège. Ses vêtements sombres s'harmonisent parfaitement bien avec son air sévère. Elle remarque qu'il porte une longue épée à la taille. L'arme est rattachée à un ceinturon de cuir autour duquel est disposée toute une panoplie de petits cylindres en argent, semblables à ceux qu'elle a vus dans le placard secret de sa chambre. À quoi peuvent-ils bien servir ?

Les deux dobermans s'interposent entre l'entrée du manoir et eux.

– Tiens, si c'est pas Garfield et sa maîtresse ! lance l'un des chiens.

– Tranquille, Odie, rétorque Brutal. Sinon je t'enfonce ton bol de bouffe sur la tête !

– Qu'est-ce que vous faisiez là ? leur demande Razan en désignant le bosquet.

– Petits problèmes d'atterrissage, explique Brutal.

L'alter de Noah les examine un moment, l'air suspicieux, puis s'écarte.

– Laissez-les passer, ordonne-t-il.

Les dobermans obéissent aussitôt et libèrent la voie.

– Bien dressés, les caniches ! s'exclame Brutal en les croisant. Vous faites le beau ? J'ai des biscuits pour chiens dans ma poche !

– Pousse pas trop, Ciboulette, grogne l'un des dobermans en ouvrant la porte.

Arielle et Brutal pénètrent dans le manoir, précédés de Razan. Ils sont aussitôt assaillis par la musique techno, du même genre que celle qu'on fait jouer dans les raves. Arielle sent le plancher vibrer, tellement la musique est forte. Cette dernière provient de la pièce vers laquelle ils se dirigent.

– Ce soir, on a droit à la salle de bal ! s'écrie Brutal par-dessus la musique.

Un autre animalter (un corbeau cette fois-ci) monte la garde devant les deux portes de la salle. Il les salue avec déférence, puis se met au garde-à-vous. D'un simple geste, Razan lui commande d'ouvrir les portes. Le corbeau obéit sur-le-champ. Libérée de son confinement, la musique se fait aussitôt plus forte. Elle vient les happer comme une violente bourrasque.

La salle de bal est remplie à craquer de jeunes gens. Ils dansent avec frénésie au rythme de la musique techno. Leurs silhouettes entremêlées baignent dans une lumière bleue qui provient des quatre coins de la salle. Leurs visages blancs luisent dans l'obscurité, comme s'ils étaient phosphorescents. Ils portent tous les mêmes vêtements noirs. Leurs manteaux de cuir sont identiques à ceux d'Arielle et de Brutal, et semblent faire partie intégrante de leurs corps.

« *Ce sont des alters* », dit Elleira.

Arielle jette un coup d'œil sur la foule ; plusieurs visages lui sont familiers.

« *N'oublie pas : ces gens n'ont rien à voir avec ceux que tu côtoies tous les jours, même s'ils leur ressemblent beaucoup.* »

Arielle et Brutal continuent de suivre Razan. D'instinct, sans s'arrêter de danser, les alters s'écartent sur leur passage, ce qui facilite leur progression. Arielle ne remarque pas que les alters lui lancent des regards éblouis lorsqu'elle passe devant eux.

Ils ont presque atteint le fond de la salle lorsque la musique s'arrête brusquement. Les alters interrompent leur danse pour les observer. Razan s'apprête à dire quelque chose, mais se ravise au dernier instant. Un projecteur s'allume et promène son puissant jet de lumière parmi les danseurs. Il se fixe finalement sur une large estrade située au centre de la salle. Cinq personnes se tiennent debout sur celle-ci. L'une d'entre elles a un micro et regarde dans leur direction. Elle va parler.

– Souhaitons tous la bienvenue à Elleira, notre somptueuse Vénus !

Arielle aurait pu reconnaître cette voix entre mille.

« *Le processus d'altérisation ne modifie pas la voix,* explique Elleira. *Tu crois que cette voix appartient à Simon Vanesse, mais tu te trompes. C'est celle de Nomis, son alter. Méfie-toi de lui.* »

Arielle l'examine davantage. Elleira a raison : le Simon dont elle est amoureuse est fort différent de celui qui se trouve sur l'estrade.

– Rejoins-nous, Vénus ! lance Nomis dans le micro.

– Pourquoi m'appelle-t-il Vénus ?

« *Les anciens prétendent qu'on n'a jamais vu plus belle alter que moi,* répond Elleira. *Regarde autour de toi : les garçons t'observent avec désir, et les filles, avec envie.* »

Arielle décèle effectivement un mélange d'admiration et de jalousie dans les regards qui sont braqués sur elle. C'est une sensation qu'elle n'a jamais ressentie auparavant ; elle se sent flattée, mais aussi intimidée par autant d'attention.

« *C'est à toi qu'appartient ce corps d'alter dorénavant,* poursuit Elleira. *Tu devras en prendre soin.* »

Avec grand plaisir, se dit Arielle. Elle sait maintenant comment s'est senti le vilain petit canard quand il a découvert qu'il était en fait un magnifique cygne.

– Rejoins-nous ! répète Nomis du haut de l'estrade.

Sa voix résonne comme un commandement de Dieu dans les puissants haut-parleurs. Les quatre autres silhouettes se rapprochent de lui. Ce sont les alters de Léa Lagacé et des trois clones. L'altérisation les a rendues encore plus belles, mais pas autant qu'Arielle qui s'en réjouit : pour une fois qu'elle est la reine de la soirée !

La foule se met à taper des mains et à crier le nom d'Elleira. Razan ne cesse de fixer Arielle ; il attend probablement qu'elle réagisse. Arielle se tourne alors vers Brutal. Il secoue la tête, lui déconseillant de faire quoi que ce soit. Les alters redoublent de vigueur. Ils se resserrent autour d'Arielle. Elle a l'impression d'être prise au piège.

Les clameurs de la foule sont soudain couvertes par un puissant bruit d'explosion provenant de l'extérieur. Les alters se figent aussitôt. Ils ont cessé de scander le nom d'Arielle et plusieurs d'entre eux échangent des regards inquiets.

– Qu'est-ce qui se passe ?

Brutal ne répond pas. La jeune fille remarque que ses oreilles pivotent en tous sens, à la recherche d'un son ou d'un bruit révélateur. Un alter fait irruption dans la salle par les grandes portes. Ses traits sont déformés par la peur. Il se met à crier :

– Les sylphors ! Ce sont les sylphors !

« *Les elfes noirs attaquent !* » fait Elleira.

– Les elfes ? répète Arielle. Ils existent ?

Les alters se dispersent, en proie à une panique incontrôlable.

« *Vite ! Retire ton médaillon !* ordonne Elleira. *À partir de maintenant, je m'occupe de tout.* »

Arielle obéit et enlève son médaillon. Dès cet instant, elle a l'impression qu'elle n'est plus seule, qu'une autre personne est en train d'éclore en elle. C'est Elleira. Elle s'approprie de plus en plus l'espace. Elles partageront bientôt le même corps. À un moment, Arielle réalise qu'elle ne contrôle plus sa voix ni ses membres. Elle est dorénavant une spectatrice impuissante, un esprit qui erre dans un corps qui ne lui appartient plus. Elle ne peut plus bouger, mais voit les alters qui courent dans tous les sens.

« *Ferme les yeux et endors-toi* », lui dit la voix d'Elleira.

Tous les grands vitraux de la salle de bal éclatent au même moment, ce qui produit un terrible fracas. Une pluie de verre s'abat alors sur les alters qui ne peuvent retenir leurs hurlements. Ils sont terrifiés. De nombreuses ombres furtives s'introduisent dans la salle par les vitraux brisés. Quelques-unes bondissent par-dessus les chambranles ; d'autres volent carrément à travers eux. Une fois à l'intérieur, les ombres déploient de grands arcs argentés et décochent des volées de flèches en direction des alters.

Malgré la débandade, Arielle s'assoupit doucement, comme sous l'effet d'un anesthésique. Elle tente de résister, mais en est incapable. Les hurlements hystériques des alters s'atténuent peu à peu. La dernière chose qu'elle perçoit avant de sombrer définitivement dans le sommeil est une voix masculine qui s'écrie :

– Arielle, par ici !

8

« Trop faible… », dit une voix
à l'intérieur d'elle-même…

Arielle reprend lentement contact avec la réalité. La noirceur du sommeil est remplacée par celle de la nuit.

« *Trop faible pour m'envoler.* »

Le sang recommence à circuler dans ses veines, comme la sève au dégel. La première chose qu'elle réalise en s'éveillant, c'est qu'elle est en train de courir. Elle fonce droit devant, évitant tant bien que mal les arbres et les branches qui se présentent sur son parcours. Elle est à bout de souffle et ses jambes lui font mal. Il fait noir. La lune est la seule source de lumière qui éclaire ses pas. Il n'y a aucun sentier, que des arbres. Elle est en pleine forêt.

– Sauve-toi, Arielle ! crie une voix derrière elle. Sauve-toi !

Arielle regarde sa montre. Les chiffres luminescents indiquent qu'il est 23 h 05. Elle a été inconsciente pendant moins d'une heure. Que s'est-il passé pendant ce temps ? Elle sent quelque chose de froid sur sa poitrine. C'est le médaillon ; elle le porte de nouveau. Elleira vit-elle toujours en elle ? A-t-elle survécu ou bien s'est-elle éteinte, comme elle l'avait prédit ? Une chose est sûre : Arielle ne sent plus sa présence. Elle est seule maintenant, plus seule que jamais, dans un corps qui semble être trop grand pour elle.

Elle entend des aboiements. Ce sont ceux des animalters dobermans. Razan a sans doute fait appel à leurs dons de rabatteur. Peut-être ont-ils repris leur forme originale pour mieux la traquer ? Si c'est le cas, alors il ne lui sert à rien de courir : ils auront tôt fait de la rattraper. Alter ou pas, elle n'est pas de taille à distancer des chiens enragés. Et apparemment, elle n'a ni la force ni la concentration nécessaires pour réussir à s'envoler.

– Arielle ! crie une voix derrière elle. Le sentier de droite !

Elle se retourne. Une ombre s'approche à toute vitesse. Le clair de lune illumine son visage. C'est Emmanuel Lebigno, le nouvel étudiant.

– Ne t'arrête pas, Arielle ! Cours ! Cours !

Le garçon lui prend le bras et l'entraîne dans un sentier qui est à peine visible.

– Encore un petit effort ! s'écrie-t-il. La route n'est pas loin d'ici !

Arielle entend les chiens qui se rapprochent. Leurs aboiements sont de plus en plus forts. Son corps d'alter retrouve graduellement sa puissance originale : elle se sent plus forte, plus vigoureuse, ses sens sont plus aiguisés. Elle accélère la cadence et réussit malgré elle à dépasser Emmanuel qui est forcé de lui lâcher la main. À son tour, elle l'attrape par le bras et l'oblige à courir :

– Plus vite ! Ils sont là !

Ils parcourent encore plusieurs mètres dans les sous-bois avant de rejoindre enfin le chemin Gleason, celui qui relie le lac Croche et le manoir Bombyx au reste de la ville.

– Là-bas ! lance Emmanuel en indiquant une vieille Chevrolet qui est garée sur le bas-côté.

Ils se dirigent rapidement vers elle.

– C'est la voiture de ma grand-mère, précise Emmanuel en sortant les clefs de sa poche.

– Les chiens ! dit Arielle en voyant les deux dobermans jaillir du sentier l'un après l'autre.

Ils foncent droit vers la voiture. Arielle ne s'était pas trompée : ils ont repris leur apparence animale. Leurs puissantes pattes et leur corps élancé leur permettent d'atteindre une vitesse incroyable. Ils n'ont plus rien à voir avec les deux animalters qu'elle a rencontrés sur la terrasse du manoir.

Arielle et son nouveau compagnon réussissent à se mettre à l'abri dans la voiture avant l'arrivée des chiens. Emmanuel essaie de faire démarrer le moteur. Ce dernier vrombit un instant, puis s'étouffe.

– Merde !

Les chiens se jettent violemment contre les flancs de la voiture. Ils s'attaquent aux portières, puis aux vitres, laissant des traînées de bave visqueuse derrière eux. Leurs grognements féroces finissent par étourdir Arielle. Elle a l'impression qu'ils sont prêts à tout pour les attraper, quitte à dévorer cette voiture pièce par pièce s'il le faut.

Elle se tourne vers Emmanuel qui s'acharne toujours sur le démarreur.

– Vite !

– Je fais ce que je peux !

Arielle entend un sifflement étrange à l'extérieur. Elle se penche et aperçoit au travers du pare-brise une masse compacte qui les survole. Celle-ci fait un tour complet sur elle-même, puis s'abat lourdement sur le capot de la voiture. Le choc secoue violemment l'habitacle.

– C'est quoi, ça !

– Un alter ! répond Emmanuel.

La masse se déploie avec grâce devant eux. Il faut peu de temps à Arielle pour comprendre qu'il s'agit de Razan, l'alter diabolique de Noah. Son visage balafré demeure impassible, comme d'habitude. Il se tient debout sur le capot. Les pans de son manteau claquent au vent. Il porte une main à sa taille pour saisir son épée et l'extirpe habilement de son fourreau.

– Il a une épée fantôme ! déclare Emmanuel en s'enfonçant dans son siège.

Razan brandit la lame lumineuse en direction d'Emmanuel. Heureusement qu'il y a le pare-brise entre eux.

– Il faut sortir d'ici !

Arielle s'empresse d'exprimer son désaccord :

– Tu es fou ! Tu as oublié les chiens ?

Razan s'avance vers eux. Le capot grince à chacun de ses pas.

– Il va nous tuer !

La lame de l'épée fantôme perd soudain de sa densité ; on dirait presque qu'elle devient transparente. En un mouvement vif, Razan exécute son attaque : la pointe de l'épée transperce aisément le pare-brise, sans même l'abîmer, puis pénètre dans l'habitacle. Emmanuel a juste le temps de l'éviter ; la lame s'enfonce dans l'appuie-tête de son siège.

– Les épées fantômes peuvent traverser n'importe quoi ! s'écrie Emmanuel, paniqué.

Les clefs sont toujours sur le contact. Emmanuel tend la main et actionne le démarreur. Cette fois, le moteur réagit instantanément.

– Vas-y ! lui dit Arielle.

Le garçon se redresse et appuie sur l'accélérateur. La Chevrolet bondit aussitôt vers l'avant. Razan perd l'équilibre et est projeté sur le toit de la voiture. Il roule ensuite sur le coffre arrière et tombe sur l'asphalte.

– On a réussi ! lance Emmanuel tout en continuant d'accélérer.

La voiture fonce à toute allure sur le chemin Gleason. Par la lunette arrière, Arielle aperçoit Razan qui se relève. Il suit leur progression sans bouger. Contrairement à leur maître, les dobermans se lancent à leur poursuite. Arielle juge qu'il leur faudra peu de temps pour les distancer.

En se retournant vers l'avant, elle constate que l'épée est toujours fichée dans l'appuie-tête. La poignée et la garde sont à l'extérieur, de l'autre côté du pare-brise. La lame se trouve à l'intérieur et divise l'habitacle en deux parties. Après avoir roulé plusieurs kilomètres, Emmanuel arrête la voiture et sort récupérer l'épée. Il la retire doucement du pare-brise et la dépose avec précaution sur la banquette arrière.

– Elle va m'être utile, dit-il en reprenant sa place derrière le volant.

– Pour faire quoi ?

Emmanuel regarde Arielle en souriant.

– Pour exterminer tous les alters de cette ville.

9

Ils roulent pendant plusieurs
minutes sans prononcer
un seul mot…

Ce n'est qu'en apercevant les lumières de la ville qu'Arielle se décide à parler :

– Tu faisais quoi là-bas, Emmanuel ?

– Et toi ?

– J'ai posé la question la première.

Le jeune homme hausse les épaules.

– Reconnaissance.

– Reconnaissance ?

Il acquiesce :

– Connaître son ennemi, c'est essentiel.

– Les alters sont tes ennemis ?

– Depuis qu'ils ont tué mes parents, oui.

Arielle ne sait pas quoi répondre. Elleira n'a jamais mentionné que les alters pouvaient tuer des gens, mais, après avoir vu Razan et ses deux dobermans à l'œuvre, Arielle se dit que c'est tout à fait possible.

– Les sylphors et les alters s'affrontent depuis plusieurs siècles, explique Emmanuel. Leurs combats font aussi des victimes chez les humains. C'est ce qui est arrivé à mes parents : ils ont été pris au milieu d'une bataille, comme toi et moi ce soir.

– Je suis désolée, dit Arielle avec toute la compassion dont elle est capable. Mes parents aussi sont morts. Dans un incendie. J'étais encore un bébé.

– Alors, on est tous les deux orphelins, répond Emmanuel. Ça nous fait un point en commun.

– C'est pour ça que tu vis avec ta grand-mère ?

– Oui. Elle s'appelle Saddington. C'est elle qui m'apprend à chasser les alters.

– C'est sérieux, tu es vraiment un chasseur d'alters ?

– Je suis en période d'apprentissage pour l'instant. Mais oui, un jour, je chasserai « officiellement » les alters. Et ceux qui vivent dans cette ville seront mes premières proies.

– Tu vas t'en prendre à moi ?

– Non. Tu n'es pas une alter.

– Qu'est-ce qui te fait dire ça ?

– Le médaillon, fait Emmanuel. Celui qui le porte domine son alter. C'est comme ça que j'ai su que tu n'étais pas une des leurs.

Arielle porte une main à sa gorge. Un des boutons de son chemisier est défait, ce qui expose le médaillon. Elle s'en veut de ne pas s'en être rendu compte plus tôt. Depuis combien de temps le bijou est-il visible ?

– T'en fais pas, la rassure Emmanuel, je ne dirai rien.

Arielle garde le silence pendant un moment.

– C'est toi qui m'as aidée à m'échapper du manoir ?

– J'aurais bien aimé, réplique Emmanuel, mais non, ce n'est pas moi.

– Tu sais ce qui s'est passé ?

– J'étais caché dans les bois et j'observais. Après l'attaque des elfes, je t'ai vue sortir en courant du manoir. Avant de disparaître dans la forêt, tu es passée sous un lampadaire et j'ai vu briller le médaillon à ton cou. Les deux dobermans sont ensuite apparus sur la terrasse du manoir. Ils ont repris leur forme animale et se sont précipités dans les bois. Pas difficile de comprendre qu'ils te pourchassaient. Je me suis dit que tu avais peut-être besoin d'un coup de main.

– J'étais seule ?

– Oui.

Brutal n'a donc pas réussi à s'échapper. Pas en même temps qu'Arielle, en tout cas. Est-il toujours là-bas ? S'est-il battu contre les elfes ? A-t-il survécu ?

– Les elfes... pourquoi tu les appelles les « sylphors » ?

– Ce sont des elfes noirs, répond Emmanuel. Ils se font appeler comme ça pour se distinguer des elfes de lumière, qui sont bienfaisants.

Il ajoute que les elfes noirs sont maléfiques. Pour souligner leur différence, ils se rasent le crâne et adoptent un style vestimentaire qu'ils qualifient eux-mêmes de plus « moderne et décontracté ». Fini les collants verts du style « elfe des bois ». Les sylphors n'ont rien à voir avec le beau Légolas du *Seigneur des anneaux*.

– À toi de répondre maintenant, lance Emmanuel. Qu'est-ce que tu faisais au manoir ?

– Mon alter voulait que je m'y rende. Elle m'a dit qu'elle était mourante, et qu'elle avait une dernière chose à faire avant de disparaître pour toujours.

– Mourante ? Ça veut dire qu'elle était amoureuse, affirme Emmanuel.

Arielle n'est pas certaine d'avoir bien compris. Emmanuel lui explique que les alters sont des créatures démoniaques qui possèdent de grands pouvoirs, mais qui ont aussi un important point faible : leurs âmes perverties ne peuvent supporter les sentiments amoureux, c'est contre nature. Dès qu'ils tombent amoureux, ils commencent à mourir. Leurs âmes se flétrissent et ils s'éteignent peu à peu. Généralement, ils ne survivent pas plus d'une ou deux nuits.

– C'est pour ça qu'Elleira s'est dévoilée à toi. Elle avait besoin de ton aide parce qu'elle n'avait plus la force de contrôler ton corps. Cette petite escapade au manoir Bombyx devait être très importante pour elle.

– Est-ce que je vais mourir moi aussi ?

Emmanuel fait non de la tête.

– Lorsqu'un alter meurt d'amour, c'est seulement son âme qui disparaît. Le corps, lui, demeure bien vivant. Il ne fait que reprendre sa forme originale.

Le corps reprend sa forme originale? songe Arielle. Cela déclenche aussitôt un signal d'alarme en elle.

– Alors, ça veut dire que si Elleira meurt, je vais être privée de ma nouvelle apparence?

Cette seule pensée la terrifie; elle est prête à faire n'importe quoi pour ne plus jamais se retrouver dans le corps de la petite grosse aux cheveux roux.

– Pas besoin de t'inquiéter, déclare Emmanuel. Si tu portes le médaillon, tu peux prendre l'apparence de ton alter pendant la nuit, qu'il soit mort ou vivant. C'est cool, hein?

Le seul problème, selon lui, c'est que le médaillon a une très grande valeur pour les alters. Ils vont sûrement essayer de le récupérer. À cause de la prophétie.

– Quelle prophétie?

– Faudrait que tu parles avec ma grand-mère, dit Emmanuel. Elle pourrait t'expliquer beaucoup mieux que moi. Tu fais quoi après l'école?

– Je dois faire mes devoirs et…

Emmanuel l'interrompt immédiatement:

– Viens les faire chez moi. J'habite pas très loin. J'irai te reconduire après. Comme tu vois, j'ai mon permis.

Arielle accepte sans grande conviction. Elle ne sait pas trop quoi penser de tout ça. Emmanuel exagère-t-il la menace? Non, elle ne le croit pas. Pourquoi le ferait-il?

Ils gardent tous les deux le silence jusqu'à ce qu'ils aient enfin rejoint la ville. Emmanuel gare la voiture de sa grand-mère devant la maison d'Arielle.

– Tu crois que les alters vont s'en prendre à moi ? demande cette dernière.

– Difficile à dire. Il y a un mois, ils se sont attaqués à moi et à Saddington.

Arielle repense à leur première conversation dans l'autobus.

– Alors, c'est vrai ce que tu as dit à Elizabeth ? Tu as vraiment été obligé de changer d'école parce que des démons voulaient te tuer ?

– Si Saddington n'était pas intervenue, je serais mort à l'heure qu'il est. Les alters m'auraient eu. (Il lui sourit.) Alors, c'est d'accord, on se voit ce soir ?

Arielle fait signe que oui. Elle s'apprête à ouvrir la portière, mais est arrêtée par Emmanuel.

– Ne parle à personne de ce que tu as vu ce soir, lui dit-il. Tu mettrais plusieurs vies en danger, surtout les nôtres.

Il prend la main d'Arielle dans la sienne. Sur le coup, elle a envie de la retirer, mais se ravise au dernier moment.

– Ton alter t'a utilisée, Arielle. Je crois qu'elle voulait aller au manoir pour parler à son amoureux une dernière fois. Elle t'a fait courir beaucoup de risques. On ne peut pas faire confiance aux alters. Si je te dis ça, c'est parce que je ne veux pas que tu te laisses séduire par eux.

– Je ne les ai pas fréquentés assez longtemps pour être séduite.

Il lui sourit encore.

– J'espère que tu as raison.

Arielle ouvre la porte et se faufile à pas de loup dans la maison. Son oncle dort toujours sur le divan du salon. Elle monte directement à sa chambre. Elle retire ses vêtements d'alter et les range dans le placard à double fond. Le plus difficile reste à faire. Elle se place devant le miroir et dit à voix haute :

– Ed Retla ! Ed Alter !

La transformation s'opère immédiatement. Son corps se met à rétrécir. Ses cheveux s'éclaircissent et recommencent à friser. Elle voit réapparaître les taches de rousseur sur son visage. Ses seins se dégonflent pendant que son derrière et ses cuisses s'élargissent. En l'espace de quelques secondes, Arielle est passée de top model à petite boulotte. Arielle Queen, modèle original, est de retour. Contrariée, elle se détourne du miroir. Elle a déjà hâte d'être à ce soir. Au coucher du soleil, elle prononcera de nouveau les mots qui sont gravés sur le médaillon et redeviendra une grande et jolie jeune femme.

Elle enfile un pyjama et se glisse entre les draps. Elle est épuisée. Le réveil indique qu'il lui reste encore quelques heures de sommeil. Elle ferme les yeux. La voix affaiblie d'Elleira résonne alors en elle :

« *Merci,* dit-elle. *Grâce à toi, j'ai pu lui dire adieu.* »

Arielle se redresse.

– Tu parles de ton amoureux ?

« *Je parle de celui qui m'a libérée.* »

– Emmanuel avait raison : tu m'as utilisée !

« *C'est notre dernière conversation, Arielle. Je vais mourir, tu le sais. Bientôt, très bientôt, tu seras seule.* »

– Pourquoi tu ne m'as rien dit à propos des alters ? et de la prophétie ? (Aucune réponse.) Elleira, réponds-moi, insiste Arielle, pourquoi les alters combattent-ils les elfes noirs ?

« *Le temps me manque, Arielle. Le seul conseil que je puisse te donner est celui-ci : méfie-toi des alters et des hommes, mais surtout, tiens-toi loin des sylphors.* »

Le rayonnement de la lune filtre entre les rideaux.

« *Je dois partir maintenant.* »

– Non, ne pars pas tout de suite !

« *Grâce à toi, mon amour survivra peut-être.* »

– Elleira, non !

Elle n'est plus là, Arielle le sait. Elle sait aussi qu'elle est seule. Plus seule que jamais.

C'est à ce moment que Brutal saute sur le lit. Sa tête pousse la main d'Arielle avec insistance pour qu'elle le caresse. Elle est heureuse de le revoir. En vie.

– Où étais-tu, toi ?

Le chat répond par un simple miaulement, puis s'étend à ses côtés. Sa gueule s'étire en un long bâillement et Arielle entrevoit ses deux petits crocs blancs qui luisent à la lumière de la lune.

– Et toi, Brutal, es-tu un démon ?

Elle sait très bien qu'il ne lui répondra pas. Pas sous cette forme, en tout cas.

La jeune fille regarde de nouveau le réveil. Elle ne réussira pas à s'endormir, même si elle est exténuée. Trop de pensées se bousculent dans sa tête. Elle juge donc plus utile de reprendre la lecture de son livre. Tout en caressant Brutal, elle se replonge dans l'histoire du docteur Jekyll et de mister Hyde. Au bout d'une minute, elle repose le livre sur sa table de chevet. Elle est incapable de se concentrer suffisamment pour lire. Elle ne cesse de penser à Emmanuel, et à sa main se posant sur la sienne.

10

Après avoir pris une douche,
Arielle se rend à la cuisine et avale
rapidement un bol de céréales...

Son oncle vient à peine de se réveiller. Il la rejoint dans la cuisine. Sa mine éteinte et sa démarche nonchalante en disent long sur son état. D'un geste engourdi, il branche la bouilloire et verse deux cuillerées de café instantané dans une tasse. Arielle ne peut s'empêcher de lui demander comment il va.

– Pas mal, répond-il sans la regarder. J'ai une bonne migraine, c'est tout.

– Tu devrais pas boire autant.

C'est la première fois qu'elle ose lui parler de sa consommation d'alcool. Yvan s'arrête et se tourne lentement vers elle. Elle a peut-être fait une erreur en abordant le sujet. Comment va-t-il réagir ?

– Tu trouves que je bois trop, hein ?

Arielle hésite un moment, puis fait signe que oui.

– C'est bien possible, admet-il en caressant sa barbe.

Puis il retourne à sa tasse de café à laquelle il rajoute deux cuillerées de sucre. Elle le connaît assez pour savoir qu'il n'en dira pas plus.

– Je vais rentrer plus tard ce soir, l'informe-t-elle. Je vais faire mes devoirs chez une amie.

Arielle juge inutile (mais surtout imprudent) de préciser qu'il s'agit en fait d'*un* ami.

– Tu seras revenue pour le souper ?

– Ça dépend, réplique-t-elle en riant. C'est toi qui cuisines ?

Elizabeth bombarde Arielle de questions dès qu'elles se rencontrent dans la rue. L'interrogatoire se poursuit dans l'autobus. Emmanuel lui a conseillé de garder le silence au sujet de leur petite aventure et c'est un conseil qu'elle a bien l'intention de suivre. Elle ne veut pas risquer de mettre la vie de ses amies en danger. Arielle explique donc à Elizabeth qu'il ne s'est rien passé, qu'elle croit avoir fait un mauvais rêve la veille, tout en sachant que son amie ne se satisfera pas de cette explication.

– T'es en train de me dire que tu as rêvé tout ça : la femme, le médaillon, le message vidéo ?

– Il n'y a jamais eu de femme ni de message, dit Arielle. Et le médaillon, c'est un cadeau de mon oncle pour mon anniversaire. Je ne voulais pas m'avouer qu'il venait de lui, c'est tout.

Elizabeth secoue la tête tout en la fixant.

– Tu me prends pour une débile ou quoi ?

L'autobus quitte l'artère principale et tourne rue Beaupré. Le prochain arrêt est celui d'Emmanuel. Arielle éprouve soudain un serrement au niveau de la poitrine. Les battements de son cœur s'accélèrent. L'autobus s'immobilise devant le bureau de poste. La porte s'ouvre et laisse entrer une demi-douzaine d'étudiants, en plus d'un courant d'air froid. Emmanuel est parmi eux. Il s'installe sur le banc qui se trouve devant le leur. Arielle sent son visage qui s'empourpre et sa bouche qui s'assèche.

– Bonjour, les filles !

– Salut, Emmanuel ! répond Elizabeth sur un ton mielleux.

Arielle est incapable de dire quoi que ce soit. Ses membres se ramollissent d'un coup. Heureusement qu'elle est assise, car ses genoux n'auraient pas tenu.

– Arielle, ça va ? lui lance Emmanuel.

– Euh… oui.

Elizabeth les examine l'un après l'autre. Elle sent qu'il y a quelque chose de différent entre eux. Et elle a raison.

Le professeur de français, monsieur Cordelier, est un petit homme sec et nerveux. Son crâne chauve a la forme d'une poire, et ses yeux globuleux de poisson cillent constamment derrière les verres épais de ses lunettes. Il traverse la salle de classe d'un pas rapide et dépose maladroitement une pile de documents sur son bureau. Il se rend ensuite au tableau et y inscrit un seul mot :

ALTER EGO

– Quelqu'un connaît la signification de ce mot ? demande-t-il en se retournant.

Toutes les mains restent baissées.

– Personne ?

Silence.

– C'est un mot latin qui signifie « un autre soi-même », explique monsieur Cordelier. Quel lien voyez-vous entre ce mot et le livre que vous êtes en train de lire ?

Rose occupe le pupitre qui est situé à la droite d'Arielle, et Elizabeth, celui qui est à sa gauche. Rose regarde Arielle en haussant les épaules.

– Je n'ai pas commencé à le lire ! murmure-t-elle en articulant chaque mot pour que son amie puisse lire sur ses lèvres.

Cordelier donne la parole à Elizabeth qui a levé la main dès qu'il a posé la question.

– Monsieur Hyde est l'alter ego du docteur Jekyll, répond-elle fièrement.

– C'est exact, clame monsieur Cordelier. Vous constaterez en poursuivant votre lecture que le thème abordé par l'auteur dans ce livre est celui du « double ». Deux personnalités vivant dans le même corps, mais dont les traits de caractère sont fort différents. Le bien domine chez l'une de ces personnes. Selon vous, qu'est-ce qui domine chez l'autre personne ?

– Le mal, fait Elizabeth.

– Bravo ! Mademoiselle Quintal a raison : monsieur Hyde est l'incarnation du mal. Il est tout ce que Jekyll n'est pas. C'est à ce concept qu'il faudra vous attarder durant votre lecture. Je veux que vous notiez les principales différences entre Jekyll et Hyde. Qu'est-ce qui les distingue l'un de l'autre ? Comment expliquer qu'ils aient des natures si opposées ?

Arielle ne cesse de penser à Elleira et aux alters. La comparaison avec l'histoire de Jekyll et de Hyde est inévitable. Hyde était-il l'alter de Jekyll ?

– Monsieur Cordelier, demande un élève derrière Arielle, qu'est-ce qu'il se passerait si nous arrivions vraiment à séparer le bien du mal ?

Cordelier le gratifie d'un large sourire.

– Excellente question. Qu'en pensez-vous, mes chers amis ? dit-il en s'adressant à toute la classe.

Personne ne répond. Le professeur se frotte les mains avec satisfaction et ajoute :

– J'ai bon espoir que vous trouverez une réponse à cette question avant la fin de votre lecture.

Le cours se termine. Les élèves se lèvent et sortent de la classe. Elizabeth doit faire un arrêt aux toilettes. Elle dit à Arielle et à Rose qu'elle les rejoindra plus tard. Les deux jeunes filles acquiescent et prennent la direction de la salle des casiers.

– Qu'est-ce qu'il s'est passé avec cette fille qui te ressemblait ? demande Rose.

– M'en parle pas, répond Arielle. C'était juste un mauvais rêve.

– Un mauvais rêve ?

– Il m'arrive d'être somnambule. Je me suis probablement filmée moi-même.

Rose n'est pas dupe. Elle n'acceptera pas une explication aussi lamentable.

– T'as rien trouvé de mieux ? Écoute, Arielle, ça me dérange pas si tu veux pas en parler, mais s'il te plaît, me sors pas des inventions pareilles !

Arielle aperçoit soudain Emmanuel au bout du couloir. Il vient dans leur direction. Il la salue et lui fait un sourire lorsqu'elles le croisent. Rose attend qu'il se soit éloigné avant de se tourner vers Arielle, le regard interrogateur.

– C'est le gars qui a failli se battre avec Simon et Noah hier midi ?

– Oui.

– Vous vous connaissez ?

La question gêne Arielle. Il n'y a pourtant aucune raison.

– Alors ? insiste Rose.

– Pas vraiment.

Rose n'a pas l'air de la croire.

– En tout cas, il t'a fait un joli sourire.

– Qu'est-ce que tu veux dire ?

Rose se met à rire.

– Ça ne trompe pas, ce genre de sourire-là, déclare-t-elle. Mais ce qui trompe encore moins, c'est ta réaction : tu es devenue aussi rouge qu'une pivoine.

Arielle ne sait pas quoi répondre. Rose a raison : elle a eu une bouffée de chaleur quand elle a vu Emmanuel.

– Je crois qu'Elizabeth est amoureuse de lui, dit Arielle.

– Et alors ? T'es pas obligée de lui laisser l'exclusivité.

– Rose !

– Quoi ? J'aime bien Elizabeth, mais elle n'a pas une chance avec ce gars-là.

Arielle songe que Rose peut parfois se montrer impitoyable.

– Pourquoi tu dis ça ?

– Tu l'as bien regardé ? Il ressemble à Johnny Depp dans *Pirates des Caraïbes*. Comment tu veux qu'il s'intéresse à Elizabeth, *notre* Elizabeth, la fille la plus banale de toute l'école ? Une combinaison impossible, je te dis.

– Je peux pas faire ça à Elizabeth.

– Il s'intéresse à elle ?

– Non, je ne crois pas.

– Et à toi ?

– Difficile à dire.

– Et le sourire qu'il vient de te faire ? C'est un signe, ça !

– Ouais... peut-être.

Elles arrivent enfin à leur casier. Elles échangent leurs livres pour ceux du prochain cours, puis reprennent la direction des salles de cours.

– Rose, j'ai quelque chose à te dire. Mais il faut que tu promettes de ne pas en parler à Elizabeth.

– Promis.

Arielle regarde autour d'elle pour s'assurer qu'Elizabeth n'est pas dans les parages.

– Je vais aller faire mes devoirs chez lui, après l'école.

– Chez Emmanuel ?

Arielle hoche la tête. Rose lui pince la joue en riant.

– Petite cachottière !

11

Le cours d'histoire est le dernier de la journée…

Arielle, Elizabeth et Rose savent depuis ce matin que le professeur est absent (ce genre de nouvelles se répand vite dans les collèges). Le suppléant décide de leur accorder une heure libre, ce qui fait le bonheur de tous. Les trois amies ramassent leurs livres et s'en vont à la bibliothèque. Un autre groupe d'étudiants est présent dans la salle de lecture. Il s'agit du groupe de Simon Vanesse et de Noah Davidoff.

Les filles choisissent une table de travail à six places, au fond de la salle. Rose se plonge dans la lecture de *Docteur Jekyll et Mister Hyde* (elle a du retard à rattraper). Elizabeth ouvre son livre de mathématiques et s'attaque aux exercices optionnels proposés par Dorothée-sans-pitié, la prof de maths. Arielle trouve que c'est une excellente initiative et décide de l'imiter. Au bout de quelques minutes, elle lève les yeux et se rend compte que Simon et Noah se sont installés à la seule table de la bibliothèque qui fait face à la leur. Ils la fixent tous les deux sans parler. Arielle retourne aussitôt à son manuel, incapable de soutenir leurs regards. Ses amies ont elles aussi remarqué leur présence.

– Simon n'arrête pas de te regarder, lui chuchote Elizabeth à l'oreille.

Arielle relève de nouveau la tête. Les deux garçons n'ont pas bougé d'un poil et continuent de la dévisager. Après s'être consultés du regard, ils ferment leurs livres et se lèvent.

Pourvu qu'ils ne viennent pas s'asseoir avec nous! songe Arielle.

– On dirait qu'ils viennent par ici, murmure Rose.

– Bonjour, mesdemoiselles, dit Simon à voix basse pour ne pas perturber le silence qui règne dans la bibliothèque.

– Bonjour! répondent Elizabeth et Rose à l'unisson.

Elles ont parlé un peu trop fort et le surveillant de la bibliothèque leur fait les gros yeux depuis son bureau situé au centre de la salle.

– Ça va bien, Arielle? demande Simon.

Rose et Elizabeth se tournent vers leur amie. Arielle peut lire l'étonnement sur leur visage. Elles n'arrivent pas à croire que Simon Vanesse, le capitaine de l'équipe de hockey, s'adresse réellement à l'une d'entre elles.

– Ça va bien? répète Simon.

Arielle garde le silence. Elle ne peut s'empêcher de penser que ce sont sans doute les alters de Simon et de Noah qui ont lâché les dobermans sur elle la nuit dernière.

Rose lui lance un regard impératif pour lui dire : « Qu'est-ce que t'attends ? Réponds ! »

– Ça peut aller, souffle finalement Arielle.

Simon lui fait un sourire, contrairement à Noah qui ne réagit pas.

– Je voudrais te parler, lui dit Simon. En privé.

Simon Vanesse qui veut discuter seul à seule avec Arielle ? Pour Elizabeth et Rose, ça relève du miracle !

– Vous voulez qu'on vous laisse seuls ? fait Rose.

– On peut aller s'asseoir à une autre table, s'empresse d'ajouter Elizabeth, ou carrément dans une autre salle !

Depuis plus d'un an, Arielle ne cesse de répéter à ses deux amies qu'elle est amoureuse de Simon Vanesse. Comment leur en vouloir de manifester un tel enthousiasme ? Elizabeth et Rose croient que c'est une chance inespérée pour elle, et Arielle juge que cet emballement est tout à fait compréhensible ; elle aurait réagi exactement de la même façon vingt-quatre heures plus tôt.

– J'avais pensé qu'on pourrait aller là-bas, réplique Simon.

Il désigne l'endroit où sont regroupés tous les livres de la bibliothèque. Il s'agit d'une section en retrait où s'alignent de longues rangées de livres entre lesquelles, si l'on en croit la rumeur, il se serait échangé bon nombre de câlins et de baisers furtifs.

– On serait à l'abri des regards, qu'est-ce que t'en penses ?

Arielle l'observe un moment sans dire un mot. Elle ne lui fait pas confiance.

– Qu'est-ce que tu veux, Simon ?

Rose et Elizabeth n'en croient pas leurs oreilles. Arielle devine ce qu'elles sont en train de penser : *Elle est folle ! Elle va tout gâcher !*

– Je veux juste discuter.

– Juste discuter, hein ?... T'en es certain ?

– Arielle, je comprends pas ton hésitation. T'as peur de moi ou quoi ?

– Qu'est-ce que t'en penses, Simon ? Je devrais avoir peur ou pas ?

Simon regarde Noah, puis revient à elle.

– Je m'intéresse beaucoup à toi.

– Ah oui ? Et depuis quand ?

Rose ne peut plus se contenir :

– Ça suffit, Arielle ! Pourquoi tu fais ça ?

– Laisse-la, Rose, intervient Elizabeth. Ça ne nous regarde pas.

– Ne te mêle pas de ça, toi, la couette à lunettes !

– Tu viens, oui ou non ? demande Simon à Arielle sur un ton impatient.

Il est clair que le garçon en a assez de leur petite querelle. Elizabeth et Rose continuent de se chamailler. Arielle comprend vite que la seule façon de calmer tout le monde est d'accepter la proposition de Simon.

– D'accord, dit-elle.

Noah semble vouloir les accompagner. Arielle n'est pas certaine que l'idée lui plaise.

– Tu as besoin de ton garde du corps pour me parler ?

– Pas du tout, répond Simon.

Après avoir ordonné à Noah d'aller se rasseoir à leur table, il invite Arielle à le suivre. Ils traversent ensemble la salle de lecture, puis se rendent jusqu'à la salle de consultation. Simon est le premier à se glisser entre les deux premières rangées de livres, celles qui forment la section des ouvrages de référence.

Arielle hésite. Que lui arrivera-t-il si elle décide d'aller le rejoindre ? Noah sait qu'elle est en possession du médaillon, ce qui signifie que Simon est certainement au courant lui aussi ; ils sont amis après tout, non ? Emmanuel a dit que les alters essaieraient de récupérer le bijou. Ont-ils confié cette tâche à Simon étant donné qu'ils ne peuvent évoluer de jour ? Cela voudrait dire que Simon est en communication avec son alter, tout comme elle l'a été avec Elleira. Quelle sorte d'emprise Nomis exerce-t-il sur lui ? Simon obéit-il aveuglément à son double ? Reçoit-il ses consignes sur des enregistrements vidéo, comme ç'a été le cas pour elle ?

– Tu ne me fais pas confiance ? lui demande Simon qui l'attend toujours entre les deux rangées de livres.

– Non.

– Tu crois que j'ai quelque chose à cacher ?

– Qu'est-ce que tu veux me dire, Simon ?

Avec son index, il lui fait signe d'approcher.

– Ça doit se faire dans l'intimité, ces choses-là.

Le sous-entendu est clair. Arielle se sent rougir. Elle se méfie de lui, c'est vrai, mais elle le trouve toujours aussi beau. Elle ne compte plus les fois où elle a souhaité qu'il la prenne dans ses bras, devant tous les élèves du collège, et l'embrasse avec passion. Elle ne se souvient pas d'une nuit où elle s'est endormie sans penser à lui, pas d'un matin où elle s'est éveillée sans qu'il soit présent dans son esprit. Et maintenant qu'il est là, à seulement quelques mètres d'elle, et qu'il semble la réclamer, elle hésite. Elle rêve pourtant de ce moment depuis toujours. Pourquoi alors est-elle incapable de bouger ? Pourquoi est-elle incapable d'aller vers lui ?

Elle sait pourquoi : parce que, maintenant, il y a un quelqu'un d'autre. Il y a Emmanuel.

– Je ne peux pas, Simon.

– Tu as peur ?

Elle le regarde un moment.

– Je suis juste Arielle Queen, répond-elle. Je suis la petite grosse aux cheveux roux, « l'orangeade » comme le dit si bien Léa. Je n'ai rien à offrir à un gars comme toi.

– Au contraire, rétorque Simon, je trouve que tu as *beaucoup* à offrir.

Il revient vers elle, la main tendue. Arielle se laisse entraîner plus loin, entre les deux rangées de livres.

– Tu vois, c'est pas si terrible.

Simon se penche vers elle et essaie de l'embrasser.

Arielle se détourne au dernier instant ; une petite voix lui dit qu'elle ne doit pas succomber. Simon s'empresse de la ramener vers lui. Il caresse sa joue, puis glisse doucement la main vers sa nuque. Elle sent ses doigts qui se faufilent sous son chemisier, à la recherche de quelque chose. Son insistance la gêne.

– Qu'est-ce que tu fais ?

Simon redresse la tête et la fixe dans les yeux. Arielle n'aime pas son regard.

– Où est le médaillon ? lui demande-t-il.

Il n'a pas l'air de bonne humeur. Arielle comprend alors pourquoi il l'a amenée ici.

– Tout ce que tu voulais, c'était récupérer le médaillon, hein ?

Arielle s'en veut terriblement d'avoir été aussi naïve.

– Où est-il ?

– Je ne le porte pas aujourd'hui.

– Il est chez toi ?

Elle tente de s'éloigner, mais il la prend par le bras et la tire brusquement vers lui.

– Où est-il, Arielle ? répète Simon en lui serrant le bras.

La jeune fille commence à s'affoler.

– Arrête ! Tu me fais mal !

Ses supplications n'ont aucun effet.

– Lâche-la ! dit une voix derrière eux.

Arielle se retourne et aperçoit Emmanuel au bout de la rangée.

– Lâche-la ou tu auras affaire à moi, Vanesse.

Simon éclate de rire.

– Tu penses vraiment que j'ai peur de toi ?

– Tu devrais, riposte Emmanuel tout en s'avançant vers eux.

Arielle le voit qui serre les poings. Il est prêt à affronter Simon pour la sauver. Que peut-elle espérer de plus ?

– Laisse-la partir, ordonne Emmanuel. Sinon, mon poing va finir sur ton nez !

Il continue d'avancer. Arielle a l'impression qu'une sorte d'aura illumine sa silhouette. Elle n'a plus peur, maintenant qu'il est là.

– T'es pas de taille à nous affronter tous les deux, déclare une voix derrière Emmanuel.

C'est Noah Davidoff. Il se tient à l'endroit même où se trouvait Emmanuel quelques instants plus tôt.

– T'as bien dressé ton chien de garde, lance Emmanuel à Simon.

Noah bloque l'unique passage menant à la section. À quoi s'attend-il exactement ? À ce qu'Emmanuel reste là, sans bouger ? Qu'arrivera-t-il si celui-ci décide de mettre ses menaces à exécution et s'en prend à Simon ? Noah va-t-il l'attaquer sauvagement comme l'ont fait ses dobermans la nuit dernière ?

– Ce sont des alters, affirme Emmanuel après avoir étudié les deux garçons à tour de rôle.

Noah et Simon gardent le silence.

– Comment vous réussissez à faire ça, les gars ? leur demande Emmanuel. Il y a seulement les alters les plus puissants qui arrivent à s'éveiller pendant le jour et à prendre le contrôle de leur double.

Monsieur Bigras, le surveillant de la bibliothèque, surgit soudain derrière Noah. À ce qu'on raconte, l'air sévère qu'il affiche en permanence serait dû à un long séjour dans l'armée.

– C'est bientôt fini, le concours oratoire ?! aboie le surveillant comme s'il s'adressait à des recrues. « Silence », c'est pas juste un mot de sept lettres, c'est aussi une consigne ! Allez, rompez les rangs et dispersez-vous !

Il tourne les talons et disparaît aussi vite qu'il est apparu.

– Vous avez de la chance que le sergent Bigras soit intervenu, grommelle Simon.

Il libère Arielle et la pousse vers Emmanuel. Elle se retrouve aussitôt dans ses bras.

– Ça va ?

Elle fait signe que oui.

– Noah, laisse-les passer, ordonne Simon. On réglera ça plus tard.

Noah acquiesce en silence. D'un geste, il indique à Arielle et à Emmanuel que la voie est libre. Emmanuel et lui échangent un regard hostile lorsqu'ils émergent enfin de la section des ouvrages de référence.

– T'as bien failli m'avoir cette nuit, lui dit Emmanuel. En passant, je te remercie pour l'épée fantôme. Je ne pouvais espérer plus beau cadeau.

Noah ne bronche pas. Il s'écarte pour leur céder le passage.

Arielle et Emmanuel s'éloignent lentement, sans quitter Noah et Simon des yeux. Ils traversent la salle de consultation puis la salle de lecture et se dirigent vers la sortie.

– Je te remercie, dit Arielle lorsqu'ils sortent de la bibliothèque.

Emmanuel la prend par les épaules et lui donne un baiser. Arielle est incapable de cacher son trouble. Le sang afflue aussitôt à ses joues.

– Je les ai eus à l'œil toute la journée, explique Emmanuel. Je savais bien qu'ils préparaient un mauvais coup. Une chance que tu ne portais pas le médaillon.

– Je l'ai laissé chez moi, répond Arielle. Dans le placard secret, avec mes vêtements d'alter.

– Bonne idée. Tu viens toujours faire tes devoirs chez moi, ce soir ?

– Bien sûr.

– Génial ! On ne prend pas l'autobus. Saddington va venir nous chercher en voiture.

Cette idée plaît bien à Arielle ; ainsi, elle n'aura pas à répondre aux questions qu'Elizabeth ne manquerait pas de lui poser en la voyant descendre au même arrêt qu'Emmanuel.

– Ce n'étaient pas vraiment Simon et Noah là-bas, hein ?

Emmanuel secoue la tête.

– C'étaient Razan et Nomis.

– Je pensais que les alters s'éveillaient juste la nuit ?

– C'est vrai, dit Emmanuel. Mais il y a certains alters qui réussissent à dominer leur hôte autant le jour que la nuit. On appelle ça la « possession intégrale ». C'est plutôt rare, mais ça arrive.

Il ajoute que la possession intégrale est irréversible. Une fois écartée, la personnalité primaire ne peut plus reprendre le contrôle de son corps. Elle finit par disparaître complètement au bout de quelques heures.

– Disparaître ? Alors, ça veut dire que...

Le garçon approuve d'un signe de tête :

– ... que Noah Davidoff et Simon Vanesse sont probablement morts.

12

La Chevrolet s'arrête devant eux.
Elle semble aussi vieille que
sa conductrice…

La grand-mère d'Emmanuel – qu'il appelle le plus souvent Saddington – est âgée d'au moins quatre-vingts ans. C'est une petite femme tordue et rabougrie, à l'allure sévère. Sa peau est grise et poussiéreuse, ce qui lui donne l'air d'un animal empaillé oublié sur une étagère. Son nez recourbé et ses petites oreilles desséchées supportent tant bien que mal la monture rouillée d'une paire de lunettes centenaire. Elle coiffe ses cheveux jaunis en chignon et néglige apparemment de porter un dentier.

– Dépêchez-vous de fermer la portière, on gèle ! ronchonne-t-elle alors que les deux adolescents montent dans la voiture.

Emmanuel prend place à l'avant, et Arielle, à l'arrière.

– Arielle Queen, déclare Saddington avec sa petite voix grinçante. Heureuse de faire ta connaissance.

Ses petites mains osseuses se promènent sur le volant. Au bout de ses doigts noueux poussent d'épais ongles jaunâtres. Ils sont affûtés comme des couteaux. À tout moment, Arielle a l'impression qu'elle va se retourner et lui griffer la figure.

– Elles ont servi à étriper plus d'un alter, lance Saddington après avoir remarqué qu'Arielle fixait ses mains.

Arielle lui adresse un sourire forcé, ne sachant trop comment réagir.

– On y va? demande Emmanuel.

Saddington acquiesce et reporte son attention sur le tableau de bord.

La voiture démarre. Ils roulent à peine plus de quinze minutes avant d'arriver à destination. Arielle reconnaît le quartier. Elle habite à seulement deux rues de là.

– C'est une jolie maison, dit-elle alors que la voiture s'engage dans l'allée du parking.

Emmanuel sort le premier de la Chevrolet. Il contourne le véhicule et se dirige vers le côté conducteur. Il ouvre la portière et offre son bras à Saddington. La vieille femme le remercie et s'appuie sur lui pour s'extraire de la voiture.

– Passe-moi la canne ! ordonne-t-elle à Arielle.

La jeune fille aperçoit la canne en bois qui se trouve entre les deux sièges avant. Elle la prend et la donne à Saddington. Cette dernière échange le bras d'Emmanuel contre la canne et amorce sa lente progression vers la maison. Arielle sort à son tour de la voiture. Emmanuel accompagne sa grand-mère jusqu'au perron, puis revient vers elle. D'un geste galant, il prend son sac.

– Saddington va nous préparer du chocolat chaud, déclare-t-il. Tu aimes le chocolat chaud ?

– J'adore.

Ils échangent un sourire, puis commencent à marcher vers la maison. Arielle l'examine du coin de l'œil. Son regard se pose sur les bracelets de cuir qui recouvrent ses poignets.

– Ils sont jolis.

– Merci. C'est un cadeau de Saddington.

– Les boutons en argent représentent des chouettes ?

Le garçon approuve :

– Les chouettes chassent la nuit, comme moi.

Ils marchent encore un peu.

– Tu as beaucoup de devoirs à faire ? demande Emmanuel.

– Pas tellement, non.

– Super ! On va avoir plus de temps pour parler.

– Parler de quoi ?

– De toi. Je voudrais te connaître mieux.

– Me connaître mieux ? Ça t'intéresse vraiment ?

– Pourquoi ? C'est pas normal ?

– Non, non, c'est juste que…

Elle hésite. Emmanuel l'encourage à continuer.

– C'est juste que, d'habitude, les garçons ne s'intéressent pas beaucoup à moi, voilà.

– T'es sérieuse ? Ça m'étonne.

– Pas moi. Je sais très bien ce que je vaux. En tout cas, sous cette forme.

– T'es trop dure avec toi-même. Je te trouve super jolie, moi.

A-t-elle bien compris ? Il la trouve jolie ? Encore une fois, Arielle ne peut s'empêcher de rougir. Elle va fondre devant lui, c'est certain. Heureusement que ça ne dure qu'un court instant. La voix de la raison a tôt fait de la ramener sur terre. Un garçon aussi beau qu'Emmanuel ne peut pas la trouver belle. C'est un fait incontournable de la nature : les beaux grands bruns ne s'intéressent jamais aux petites rousses trapues.

– On change de sujet, OK ?

– Ça te gêne ?

Ils arrivent enfin devant la porte d'entrée.

– Un peu, oui.

Emmanuel sourit, mais n'insiste pas. Il ouvre la porte et invite Arielle à entrer.

La maison est vieille, mais bien entretenue. Les plafonds sont bas et les couloirs, étroits. Les pièces sont nombreuses et petites. On dirait une maison de poupée. Le mobilier et le choix des couleurs sur les murs rendent l'endroit plutôt chaleureux.

– On s'installe ici, déclare Emmanuel lorsqu'ils pénètrent dans la salle à manger. Tout va bien, Saddington ?

Arielle ne voit pas la grand-mère de son nouvel ami, mais elle entend sa voix séculaire qui répond par l'affirmative. Saddington est sûrement dans la cuisine en train de préparer le chocolat chaud. Emmanuel prend son livre de maths dans son sac et le pose sur la table. Arielle fait de même. Ils s'assoient l'un en face de l'autre et commencent à lire les exercices en fin de chapitre.

La vieille femme vient les rejoindre à peine quelques minutes plus tard. Elle tient sa canne dans une main et un petit chaudron fumant dans l'autre. Emmanuel étire le bras et prend deux tasses dans le vaisselier derrière lui. Saddington verse le chocolat dans les tasses et prend une chaise.

– Voilà, dit-elle. Dépêchez-vous de boire avant que ça refroidisse.

Arielle trempe ses lèvres dans le liquide chaud. Il est excellent.

– Je n'ai jamais goûté à un aussi bon chocolat chaud, affirme-t-elle.

– Je suis bien contente, répond Saddington. Alors, jeune fille, Emmanuel me dit que tu es en possession d'un médaillon demi-lune ? Est-ce bien vrai ?

Avant de répondre, Arielle regarde Emmanuel pour se donner du courage.

– Oui, c'est vrai.

– Ce n'est pas une copie ?

– C'est l'original, confirme Emmanuel.

Il explique à Saddington que Nomis, l'alter de

Simon Vanesse, a menacé Arielle cet après-midi, à la bibliothèque. Il voulait le médaillon.

– De jour, hein ? Possession intégrale ?

Emmanuel fait signe que oui.

– Il y a en a d'autres qui sont possédés ?

– Peut-être Noah Davidoff, dit Emmanuel.

Saddington prend un air songeur.

– Deux possédés dans la même ville ? déclare-t-elle sans les regarder, comme si elle se parlait à elle-même. Se peut-il que nous soyons tombés sur un nid d'alters particulièrement exceptionnel ?

– Le premier médaillon est ici, à Belle-de-Jour, précise Emmanuel. Tu crois que le deuxième l'est aussi ?

Saddington ne les regarde toujours pas. Elle gratte son menton pointu tout en fixant le vide.

– C'est tout à fait possible, fait-elle. Possible et même probable.

Elle réfléchit encore pendant un moment, puis poursuit :

– Vous savez ce que ça signifie ? Ça signifie que la prophétie est en voie de se réaliser ! (Elle se tourne vers Arielle.) *Dossemo Hagma* : « le Voyage des Huit ». Cette prophétie est relatée dans le premier chapitre du *Livre d'Amon*, la bible des elfes. Elle dit que, après avoir vaincu les alters et les elfes noirs, deux élus et leurs six protecteurs descendront au royaume des morts pour combattre les forces du mal et conquérir l'Helheim. Il est aussi dit que la victoire du bien sera totale lorsque les deux élus ne feront plus qu'un.

Arielle demeure perplexe. Saddington semble s'en étonner.

– Tu savais que les alters et les elfes noirs étaient des créatures du malin, n'est-ce pas ?

Arielle répond par la négative.

– Je n'ai pas eu le temps de le lui expliquer, lance Emmanuel. Mais je lui ai dit que tu le ferais.

Saddington soupire.

– Très bien, alors il nous faut commencer par le début. Sache tout d'abord que les elfes noirs n'ont rien à voir avec les nains ou les trolls auxquels ils sont souvent associés dans la mythologie nordique. En vérité, ils sont aussi grands que les hommes et aussi agiles que les elfes de lumière. On raconte que ce sont les premiers démons à avoir foulé le sol de notre monde. Ils ont été libérés des prisons de l'Alfaheim, la demeure des elfes de lumière, par Loki et Hel, les dieux du mal, pour être envoyés sur la Terre afin de faire contrepoids aux premiers humains créés par Odin, le dieu suprême des peuples du Nord et maître d'Asgard, la cité du ciel. Pendant longtemps, les elfes noirs ont été les soldats de Loki et de Hel sur la Terre. Mais un jour, ils se sont rebellés contre leurs maîtres. Ils ont menacé d'exterminer les hommes puis d'envahir le royaume des morts et sa citadelle, l'Helheim. N'ayant plus aucun contrôle sur leurs créatures, Loki et Hel n'ont eu d'autre choix que d'implorer l'assistance d'Odin. Ils sont parvenus à convaincre le dieu suprême que les elfes noirs devaient être à tout prix anéantis. Craignant que les huit autres mondes ne soient eux aussi envahis par ces démons, Odin a accepté de leur prêter main-forte. Il leur a confié les âmes et les corps de ses meilleurs guerriers humains afin qu'ils puissent s'en servir pour traquer et éliminer les elfes ici-bas, sur la Terre, dans le royaume de Midgard. C'est ainsi qu'ont été créés les alters. Depuis qu'Odin leur permet d'exploiter le côté sombre des hommes, Loki et Hel recrutent leurs nouveaux soldats en libérant la part des ténèbres qui existe en chacun de nous. Ils combattent le mal par le mal. Pour que naisse un alter, l'âme doit se fractionner en deux personnalités distinctes. Ces personnalités sont différentes l'une de l'autre, mais utilisent le même corps. En Orient, les alters portent le nom de « striges », ce qui signifie « démons nocturnes qui se métamorphosent en êtres humains ».

– N'importe qui peut avoir un alter ? demande Arielle.

Saddington secoue lentement la tête : dans le jargon des chasseurs d'alters, les personnes telles qu'Arielle, chez qui un alter a été « éveillé », sont appelées des « commodats », ce qui veut dire « prêts ». Chaque commodat est un prêt d'Odin à Loki et à Hel. Cette prédisposition à accueillir un alter se transmet depuis plusieurs siècles de grands-pères à petits-fils et de grands-mères à petites-filles. Elle saute toujours une génération.

– Alors, ma grand-mère était une commodat elle aussi ?

– C'est fort probable, dit Saddington. Et elle devait avoir un alter, tout comme toi, qui a combattu les sylphors.

– Les alters ont remporté beaucoup de victoires contre les elfes ? lance Arielle.

– Pour le moment, les elfes noirs ont l'avantage. Ils règnent en maître dans la plupart des grandes villes. Les dernières batailles ont été sanglantes. Les alters ont évité de peu la catastrophe. Ils se sont réfugiés dans les campagnes, mais les sylphors ne tarderont pas à venir les débusquer.

– Vous avez suivi les alters jusqu'ici ?

– Oui.

Arielle leur demande pourquoi ils chassent les alters plutôt que les elfes noirs. Les elfes ne représentent-ils pas une plus grande menace ?

– Il y a d'excellents chasseurs de sylphors, réplique Saddington. Notre spécialité, à Emmanuel et à moi, c'est la chasse aux alters.

– Et si les alters décidaient de se rebeller, comme l'ont fait les elfes ?

La vieille femme explique qu'Odin a exigé des garanties de la part de Loki et de Hel, pour éviter justement que l'épisode des elfes noirs ne se répète. Il voulait que les alters puissent être rapidement neutralisés en cas de rébellion. C'est la raison pour laquelle Loki a créé les médaillons demi-lunes. Ces médaillons représentent une forme d'assurance. S'il advenait un jour que les deux bijoux soient réunis, tous les alters nocta seraient aussitôt éradiqués de la surface de la Terre. Loki a forgé lui-même les demi-lunes, à la demande d'Odin, et les a confiées à un groupe d'adorateurs. Il savait que ses fidèles n'hésiteraient pas un instant à réunir les médaillons s'il leur en donnait l'ordre. Leurs descendants se sont transmis les médaillons de génération en génération, jusqu'à ce qu'ils soient attaqués par des chasseurs de démons en l'an 1150. Un des chasseurs a réussi à s'emparer des médaillons, mais on n'a jamais réussi à retrouver sa trace. On dit qu'Odin lui-même ignore ce qu'il est advenu de cet homme. La légende prétend qu'il aurait fondé la fraternité de Mjölnir, qui serait devenu plus tard l'Ordre des chevaliers fulgurs, un groupe secret réunissant les meilleurs chasseurs de démons que la Terre ait connus.

– Vous pensez que les médaillons seront un jour réunis ? demande Arielle.

– C'est ce que dit la prophétie, répond Saddington.

Elle lui cite un passage du *Livre d'Amon* : « Les alters nocta disparaîtront de Midgard, le royaume terrestre, après leur victoire sur les elfes renégats, car les médaillons demi-lunes formeront à nouveau un cercle parfait. Se produira alors le Voyage des Huit. Le royaume des morts accueillera dans sa citadelle les huit champions qui auront libéré Midgard de ses ennemis. Ensemble, ils combattront les ténèbres et vaincront. »

– Ça signifie que les alters gagneront la guerre contre les sylphors, dit Saddington, mais qu'ils seront ensuite détruits, lorsque les deux élus joindront leurs médaillons. Après la disparition des alters et des elfes noirs, la Terre sera définitivement débarrassée du mal. Les deux élus seront alors envoyés au royaume des morts avec leurs six protecteurs pour y combattre Loki et Hel et libérer les âmes prisonnières de l'Helheim.

– Qui sont les six protecteurs ?

– Selon les textes anciens, il s'agit de six puissants guerriers qui auront pour mission de protéger les élus.

– Vous croyez que je suis l'un de ces élus ?

– C'est une possibilité, répond Saddington. Mais il y a un moyen d'en être certain. Tu as une tache de naissance en forme de papillon sur l'épaule droite, n'est-ce pas ?

Comment a-t-elle fait pour savoir ça ?

– Oui.

– Je peux la voir ?

Arielle relève la manche de son chandail. La vieille dame examine son bras pendant un moment, puis dit :

– Tous les alters ont une tache de naissance en forme de papillon à cet endroit. Et elle est toujours de couleur brune.

– La mienne est blanche.

Saddington approuve :

– La prophétie dit que la marque des élus se distinguera de celles des autres alters par sa pureté.

À mon avis, ça ne peut pas être plus clair.

Alors, ce papillon blanc qu'Arielle a sur sa peau fait d'elle l'élue de leur prophétie ? Doit-elle s'en réjouir ou s'en inquiéter ?

– Qui est l'autre ?

– Le porteur du second médaillon, dit Saddington.

Ils ne savent pas encore qui il est, mais il leur faudra rapidement le découvrir, car les alters et les sylphors vont tenter l'impossible pour mettre la main sur les médaillons demi-lunes. Leur victoire respective en dépend. Les elfes noirs souhaitent s'en servir pour éliminer définitivement les alters. Les alters, de leur côté, doivent récupérer les médaillons avant les elfes, afin justement de prévenir leur propre destruction.

– Razan et Nomis savent qu'un des médaillons est en ma possession, lance Arielle.

– Il est en lieu sûr ?

– Je crois, oui.

La vieille femme tourne la tête vers Emmanuel.

– Il est caché chez elle, précise-t-il, dans un placard secret.

– Ça devrait aller pour le moment, réplique Saddington. Mais il faudra aller le récupérer bientôt. Il ne doit pas tomber entre les mains des démons, qu'ils appartiennent à un camp ou à l'autre. Il faut laisser les elfes et les alters s'entre-tuer, comme l'annonce la prophétie.

– Vous ne m'avez pas parlé des animalters, dit Arielle. Peut-on leur faire confiance ?

– Ils ont des rôles de valets, pour la plupart. Certains sont bons, d'autres mauvais, mais, que je sache, ils sont incapables de trahir leurs maîtres. Elleira avait un animalter ?

– Un chat.

– En principe, il devrait te rester fidèle. Je dis bien *en principe*. Si tu as un doute, n'hésite pas à te débarrasser de lui. De préférence, lorsqu'il aura repris sa forme animale ; il opposera moins de résistance. (Elle marque une pause.) Bon, je vais aller me reposer maintenant. Je suis fatiguée.

Saddington se lève, fait quelques pas vers la cuisine, puis se retourne.

– Ne t'en fais pas, jeune fille. On va bien s'occuper de toi.

Arielle lui sourit. Emmanuel attend que sa grand-mère ait quitté la pièce avant de se rapprocher d'elle.

– Ça va bien aller, lui affirme-t-il sur un ton rassurant.

– Tu en es certain ?

Il acquiesce, sûr de lui :

– C'est ce que dit la prophétie.

Il lui fait un clin d'œil, puis ils ouvrent enfin leurs livres.

13

Emmanuel gare la voiture
de Saddington devant chez Arielle…

Le ciel a pris une teinte rosée. Le soleil va bientôt se coucher. On utilise parfois l'expression « entre chien et loup » pour définir ce moment de la journée. Pour Arielle, dorénavant, la tombée du jour signifiera plutôt « entre elfes et alters ».

Emmanuel éteint le moteur et se tourne vers elle.

– Ça va ?

Elle fait signe que oui.

– Emmanuel, tu crois que les elfes noirs savent que je possède un des médaillons demi-lunes ?

– Saddington pense que non. Et elle sait de quoi elle parle. Tu peux lui faire confiance.

– Et à quoi dois-je m'attendre de la part de Nomis et de Razan ?

Emmanuel la rassure.

– Ils ne tenteront rien ce soir, car cela risquerait d'éveiller les soupçons des sylphors. Si les alters manifestent un peu trop d'intérêt à ton endroit, les elfes comprendront vite que tu es en possession du médaillon. Et c'est ce que veulent éviter à tout prix les alters. C'est demain qu'il te faudra être prudente : dès que le soleil se sera levé et que les elfes auront regagné leurs abris, Nomis et Razan feront tout pour mettre la main sur le médaillon.

– Les elfes ne sortent que la nuit ?

– Les alters et les sylphors ont besoin de la lune pour exister, explique Emmanuel. C'est elle qui leur fournit leur énergie vitale. Le soleil, au contraire, leur retire toute puissance.

Arielle lui demande comment elle doit réagir si jamais elle est attaquée par des alters. Emmanuel répond que ses choix sont limités : elle doit se sauver ou contre-attaquer. Il ajoute qu'il existe différentes façons de tuer un alter : on peut lui couper la tête, le démembrer ou lui enfoncer une lame d'épée fantôme dans le cœur. Ces méthodes sont aussi efficaces contre les elfes noirs.

– Je promets de tout faire pour t'éviter ça, Arielle.

Il plonge son regard dans celui de la jeune fille qui se met doucement à sourire. Leurs deux visages se rapprochent lentement, attirés comme par un aimant. À peine quelques centimètres séparent leurs lèvres. Arielle sent son cœur battre jusque dans ses tempes. Une chaleur intense se diffuse dans son bas-ventre. Elle est convaincue que si elle n'embrasse pas Emmanuel bientôt, cette chaleur va se propager dans son corps et la consumer tout entière.

Elle s'avance vers Emmanuel et rejoint enfin ses lèvres. Leurs bouches se touchent, légèrement au début, puis s'entrouvrent et se mêlent finalement l'une à l'autre. Arielle n'a jamais rien ressenti d'aussi doux et d'aussi fort.

Après quelques secondes, leurs lèvres se séparent et ils reprennent leurs places respectives, gênés. L'intimité profonde qui les unissait un moment plus tôt est remplacée par une soudaine froideur.

– On s'est embrassés…, dit Emmanuel.

Arielle regarde droit devant elle. Elle n'ose se tourner vers lui. Elle a peur d'avoir paru trop insistante. Emmanuel pense peut-être qu'elle est une « fille facile ». Si c'est le cas, il ne sait pas à quel point il se trompe. En vérité, ce baiser est son premier baiser. Elle l'attendait depuis longtemps, c'est vrai, mais ce n'est pas pour cette raison qu'elle s'est précipitée vers lui. L'unique raison, c'est qu'elle en avait envie plus que tout au monde.

– Oui, on s'est embrassés, confirme-t-elle, encore crispée.

Arielle est raide comme une barre. Elle a peur de ce qui va suivre. Emmanuel va sûrement lui proposer d'oublier ce qu'il s'est passé.

– Tu as aimé ça ? lui demande-t-il.

Elle hoche la tête, hésitante.

– Euh… oui.

– Tu veux qu'on recommence ?

– T'es sérieux ?

Il sourit et s'approche d'elle. Il caresse sa joue, puis oriente sa bouche vers la sienne. Leurs lèvres se soudent de nouveau. Ils s'embrassent encore pendant plusieurs secondes.

– Tes lèvres sont douces, lui murmure-t-il lorsqu'ils s'interrompent pour reprendre leur souffle. Comme ta peau.

– Ma peau tachetée ?

Emmanuel se met à rire.

– J'aime beaucoup ta peau tachetée.

Arielle rit à son tour, puis ils échangent encore quelques baisers.

– Il faut que j'y aille, lance-t-elle. Mon oncle va s'inquiéter.

Ce n'est pas vrai. Son oncle est probablement soûl à l'heure qu'il est. Il doit s'être endormi sur le divan du salon.

– Déjà ? répond Emmanuel, déçu.

Une petite voix intérieure presse Arielle de rentrer tout de suite à la maison, afin de garder intact le souvenir de ce premier baiser. Elle doit s'éclipser en douce avant que quelqu'un ou quelque chose ne vienne tout gâcher.

– On se voit demain ? demande Emmanuel.

Arielle est ravie qu'il lui pose la question. Ça signifie qu'il ne regrette rien de ce qui s'est passé, qu'il a hâte d'être demain pour la revoir. Il va très certainement penser à elle cette nuit, tout comme elle va penser à lui. La vie est étrange parfois : hier, chacune de ses pensées était pour Simon Vanesse ; ce soir, elle souhaiterait ne l'avoir jamais connu. Car, ce soir, un garçon nommé Emmanuel Lebigno – pour qui elle n'avait pas grand intérêt au départ – est entré dans sa vie.

– Oui, on se revoit demain, dit-elle.

Elle l'embrasse une dernière fois. Emmanuel répond avec le même enthousiasme. Lorsqu'elle sort de la voiture, elle a l'impression de peser quinze kilos de moins. Elle court vers la maison, certaine que, sous sa forme alter, elle réussirait à s'envoler.

Arielle ne s'est pas trompée : l'alcool a eu raison de son oncle. Une variation cette fois : il s'est endormi dans un des fauteuils plutôt que sur le divan. Une bouteille de vodka vide est posée à ses pieds. L'adolescente traverse le salon sans faire de bruit et monte au premier. Il fait de plus en plus sombre dans la maison. Aucune lumière n'est allumée. Elle entre dans sa chambre et appuie sur l'interrupteur. L'ampoule grésille au plafond avant d'illuminer la pièce. Arielle remarque une énorme bosse sous la couette de son lit au moment où elle pose son sac.

– Arielle, c'est toi ?

Cette voix étouffée provenant de sous les draps est celle de Brutal.

– Mais qu'est-ce que tu fais là ?

– Je me suis fait prendre, répond-il. Je dormais sous les draps quand le soleil s'est couché.

Arielle jette un coup d'œil par la fenêtre. Il fait nuit maintenant à l'extérieur.

– Je ne contrôle pas mes métamorphoses aussi bien que les autres animalters, explique Brutal. Je ne suis pas le seul : mes six frères ont le même problème.

Arielle tente de soulever la couette.

– Arrête ! proteste-t-il. Je suis tout nu là-dessous !

Arielle laisse retomber le pan de la couette tout en s'esclaffant.

– C'est pas drôle !

– Je suis désolée, dit-elle sans pouvoir réprimer son rire. Qu'est-ce que je peux faire ?

– Tu pourrais commencer par me passer mes vêtements. Ils sont dans le placard secret, à côté des tiens.

Arielle entre dans le placard et exerce une légère pression sur le papillon jaune, ce qui active aussitôt le mécanisme d'ouverture. Elle cherche le médaillon des yeux et constate avec soulagement qu'il se trouve toujours à l'endroit où elle l'a déposé ce matin : dans la niche, entre les étranges cylindres en argent. Elle le prend et le passe à son cou. Elle a envie d'admirer son corps d'alter dans le miroir avant d'aller dormir. Que préférerait Emmanuel ? Le petit corps dodu et orangé d'Arielle Queen ou la silhouette de rêve d'Elleira ? La réponse lui semble évidente.

– Tu les as ? demande Brutal avec impatience.

Arielle décroche les vêtements de la penderie et revient près du lit.

– Donne-les-moi !

Une des mains velues de Brutal est tendue dans sa direction. Elle lui remet les vêtements qui disparaissent aussitôt sous la couette. Arielle revêt elle aussi son costume d'alter pendant que Brutal passe le sien sous les couvertures.

– Qu'est-ce qu'il s'est passé hier soir, Brutal ?

– M'en parle pas, rétorque-t-il, j'ai failli y laisser ma peau.

Brutal repousse enfin la couette. Il a réussi à enfiler la plupart de ses vêtements. Tout en ajustant sa ceinture, il raconte à Arielle que les sylphors ont pris rapidement possession du manoir, que les alters ont essayé de leur résister, mais qu'ils étaient trop nombreux. Nomis a aussitôt sonné la retraite. À partir de ce moment, ç'a été chacun pour soi.

– Je me suis réfugié dans les cuisines, dit Brutal, et j'ai attendu que ça se calme. Les elfes noirs ont quitté le manoir peu de temps après. Je crois qu'ils ont pourchassé les alters jusque dans les bois.

Arielle repense soudain à la voix masculine qui s'est adressée à elle pendant l'assaut des elfes, alors qu'Elleira prenait lentement le contrôle de son corps. Elle se souvient très clairement des paroles et du ton de l'homme : « Arielle, par ici ! » Il voulait lui venir en aide, c'est évident. Y était-il parvenu ?

– C'est toi qui m'as aidée à m'enfuir ?

Brutal secoue la tête.

– Non, on a été séparés.

– Qui alors ?

Il hausse les épaules et répond qu'il n'en a aucune idée.

– Elleira avait un amoureux, tu le savais ?

Brutal fait signe que oui.

– Si nous sommes allés au manoir, hier, c'est parce qu'elle voulait le rencontrer, précise Arielle. C'est peut-être lui qui m'a secourue, qu'est-ce que t'en penses ?

L'animalter hésite. Ses grands yeux félins trahissent son malaise.

– Je peux rien te dire, maîtresse. Pas pour l'instant en tout cas.

Son attitude étonne Arielle. Il fait preuve d'une étrange retenue.

– Ah non ? Pourquoi ?

– J'ai promis, répond-il.

– Tu as promis ? à qui ? à Razan ? à Nomis ? à l'amoureux d'Elleira ?

Brutal garde le silence.

– Il faut que je sache de quel côté tu es, Brutal, lui dit Arielle. Du côté des alters ou du mien ? Regarde, je porte le médaillon demi-lune. Selon la prophétie, ça signifie que je suis l'un des deux élus.

Arielle ajoute que les alters sont au courant et qu'ils feront tout ce qui est en leur pouvoir pour récupérer son médaillon.

– Je vais avoir besoin d'aide pour leur échapper, tu comprends ?

– Cette aide, tu vas l'avoir, maîtresse, l'assure Brutal.

Mais, pour ça, tu dois me faire confiance. (Il marque une pause.) Il faudrait que tu prennes ta forme d'alter maintenant. On doit partir.

Arielle soupire, une fois de plus irritée par ses mystères.

– Partir ? Pour où ?

– Il y a quelqu'un qui aimerait te rencontrer.

– Quelqu'un qui pourra répondre à mes questions ?

– Je l'espère, maîtresse.

14

Devant le miroir,
Arielle prononce à voix haute:
« Ed Retla ! Ed Alter ! »

Puis, dans la glace, elle observe son reflet qui commence à se transformer. Ses cheveux s'allongent au même rythme qu'ils s'assombrissent. Les traits de son visage s'adoucissent tout en se précisant davantage. Les membres de son corps se modifient; ils s'étirent, sans douleur, puis se raffermissent, se fortifient et remplissent progressivement le costume d'alter qui, l'instant d'avant, n'était pas à sa taille.

En peu de temps, la jeune fille a retrouvé la beauté mystérieuse et la silhouette élancée d'Elleira.

– Parfait ! lance Brutal en revêtant son long manteau noir. On peut y aller maintenant.

– Qui est cette personne qui veut me voir ?

– Un ami. Il nous a donné rendez-vous sur le terrain de football du collège.

– On se rend là-bas comment ?

Brutal imite un oiseau qui prend son envol.

– Par la voie des airs.

Le téléphone se met à sonner. Arielle saisit rapidement le combiné :

– Allô ?

– Arielle, c'est toi ?

Elle reconnaît la voix. C'est Rose. Elle appelle de son portable.

– Je suis en bas, avec Émile. Tu peux venir nous ouvrir ? J'ai frappé, mais personne ne répond.

Arielle éloigne le combiné et s'adresse à Brutal en chuchotant :

– Mes amis sont ici. Qu'est-ce que je fais ?

– Renvoie-les chez eux !

Elle réfléchit un moment à ce qu'elle va dire avant de rapprocher le combiné :

– Rose… euh… vois-tu, c'est que mon oncle dort et je… je voudrais surtout pas le réveiller.

– Arielle, viens nous ouvrir la porte ! ordonne Rose. Elizabeth est au courant pour Emmanuel. Elle vous a vus ensemble. Tu dois lui parler. Elle ne va pas très bien.

Arielle regarde Brutal en haussant les épaules pour lui signifier qu'il n'y a rien à faire, qu'elle ne pourra pas convaincre Rose Anger-Boudrias de partir.

– Laisse-moi faire !

Brutal lui prend le combiné des mains.

– Désolé, Arielle est occupée pour le moment. Rappelez plus tard !

Et il raccroche. Arielle ne peut pas croire qu'il ait fait ça.

– J'avais pas le choix, se justifie-t-il. On est déjà en retard.

– Je connais Rose. Elle n'abandonnera pas aussi facilement. Elle va réveiller mon oncle et l'obliger à venir lui ouvrir.

– Aucune importance. On sera déjà loin.

Brutal se dirige d'un pas décidé vers la fenêtre. Il l'ouvre d'un mouvement brusque et tombe nez à nez avec Émile qui a réussi (à la demande expresse de Rose, Arielle en est convaincue) à grimper sur le toit du garage situé juste sous la fenêtre d'Arielle. Brutal et Émile poussent tous deux un cri de surprise en s'apercevant l'un l'autre. Brutal recule précipitamment dans la chambre pendant qu'Émile perd l'équilibre et dégringole jusqu'au rez-de-chaussée. Sa chute est amortie par la haie de cèdres. Arielle l'entend qui crie à Rose :

– Y a un chat là-haut ! Un énorme chat !

Brutal se replie jusque dans le fond de la chambre. Ses yeux sont grands ouverts, figés par la stupeur.

– Je viens de perdre ma première vie ! dit-il en posant une main sur sa poitrine pour calmer les palpitations de son cœur.

– Arielle, est-ce que ça va ? demande Rose. Arielle ! Réponds-moi !

Arielle s'avance jusqu'à la fenêtre. Rose ne peut pas la voir, il fait trop sombre. Heureusement, car elle ne l'aurait pas reconnue sous cette apparence.

– Tout va bien ! répond Arielle. T'inquiète pas !

– Sauve-toi, Arielle ! s'écrie Émile, toujours aussi affolé. Il y a un chat de la grosseur d'un tigre dans ta chambre !

– Arielle, tu as reçu la visite d'un mangeur d'hommes ce soir ? lui lance Rose sur un ton exaspéré.

– Non, fait Arielle en riant, juste celle de Brutal.

Émile insiste :

– Je vous dis qu'il mesurait au moins 1 mètre 80 ! Il portait même des vêtements !

Arielle devine l'air impatient que prend Rose.

– OK, OK, le tigre des *Frosties* est caché dans la chambre d'Arielle. T'es content ? On peut passer à autre chose maintenant ?

Émile n'ose pas répliquer. *Sage décision*, se dit Arielle : mieux vaut ne pas mettre la patience de Rose à l'épreuve.

– Arielle, tu veux descendre ? demande Rose en direction du premier étage. Il faut régler le cas d'Elizabeth !

Arielle se tourne une nouvelle fois vers Brutal. Elle attend son verdict.

– D'accord, vas-y, soupire-t-il, mais, avant, tu dois reprendre ton apparence originale.

Arielle s'apprête à répéter l'incantation qui lui permettra de retrouver sa forme humaine lorsqu'un cri retentit à l'extérieur. Elle se précipite à la fenêtre :

– Rose ?

– Mon Dieu ! s'exclame la voix effrayée de Rose.

Non, c'est pas possible !

– Rose ! Qu'est-ce qui se passe ?

– N'approchez pas ! crie Émile, paniqué. Reculez !

Avec une souplesse typiquement féline, Brutal bondit jusqu'au placard secret. Il disparaît dans le placard et en ressort avec les cylindres en argent.

– Prends ça ! dit-il en lançant deux cylindres à Arielle.

Elle les attrape d'un mouvement vif et assuré. Sous sa forme alter, ses réflexes et ses instincts sont décuplés.

– Ce sont des injecteurs lacrymaux acidus, explique l'animalter en toute hâte. L'embout dégage une petite quantité d'acide qui permet de faire fondre les métaux.

– Ça sert à quoi ?

– À percer les armures protège-cœurs des elfes noirs ! répond Brutal en sautant par la fenêtre.

Une boule se forme dans la gorge d'Arielle. Il a bien dit « elfes noirs » ? Ils sont ici ?

Sans trop réfléchir, la jeune fille grimpe sur le rebord de la fenêtre, bondit sur le toit du garage et se jette à son tour dans le vide. Elle a la certitude qu'elle va s'écrabouiller dans le parking, mais, au dernier moment, une rafale de vent se glisse sous elle et crée une sorte de coussin d'air qui vient amortir sa chute. Elle se pose tout doucement, en faisant un petit pas vers l'avant, comme lorsqu'on touche terre après un saut en parachute.

Contrairement à la nuit dernière, sa vue s'adapte rapidement à l'obscurité. Arielle possède un nouveau pouvoir : la nyctalopie. L'an dernier, le prof de bio leur a expliqué que la nyctalopie est une faculté qui permet à certains animaux, comme les chats et les hiboux, de voir dans le noir. Grâce à ce nouveau don, elle peut apercevoir les silhouettes de Rose et d'Émile qui se déplacent sur sa droite. Rose s'est réfugiée derrière Émile et tous deux reculent lentement vers le garage. Brutal a pris une position défensive, sur la gauche. Un peu plus loin, près de la rue, Arielle distingue trois hommes et trois femmes qui les observent sans bouger. Ce sont sans doute des elfes noirs. S'ils sont ici, c'est évidemment pour récupérer le médaillon demi-lune.

La main d'Arielle se resserre autour d'un des injecteurs acidus.

– Qu'ils s'amènent ! Je suis prête !

15

Brutal brandit un cylindre
en direction des elfes...

– Tu dois viser la poitrine, lance-t-il à Arielle. Un seul coup suffira. Dès que le bout du cylindre entrera en contact avec le protège-cœur, il dégagera de l'acide qui ouvrira un passage dans le métal. Le contenu du cylindre se déversera alors dans le cœur du sylphor.

– Qu'est-ce qu'il y a dans le cylindre ?

– Des larmes d'elfes de lumière. Ça empoisonne les elfes noirs et les fait se décomposer.

Se décomposer ? songe Arielle. *Oh ! pas sûre que ça me tente d'assister à ça !*

Elle est incapable de cacher sa nervosité. Elle jette un coup d'œil sur sa droite. Rose et Émile se sont arrêtés. Ils la dévisagent avec insistance.

– Arielle, c'est toi ? lui demande Rose, toujours abritée derrière l'épaule d'Émile.

Inutile de leur cacher la vérité plus longtemps.

– Oui... c'est bien moi.

– Qu'est-ce qui t'est arrivé ?

– C'est une longue histoire.

Émile l'inspecte de la tête aux pieds.

– Waouh… Tu as commencé à faire de la gym ou quoi ?

– Arielle ! Je vais avoir besoin de ton aide ! crie Brutal.

Émile se tourne aussitôt vers Rose.

– Tu vois bien que j'avais raison ! lui fait-il en désignant Brutal. Viens pas me dire que ce chat-là est pas gonflé aux stéroïdes !

Arielle reporte son attention sur les elfes noirs. L'un d'entre eux s'est détaché du groupe. Il marche lentement vers Brutal. Il est grand et robuste. Arielle lui donnerait vingt-cinq ou vingt-six ans. Il est plutôt beau, contrairement à l'image qu'elle se faisait des elfes. Il a des oreilles pointues et de petits yeux noirs qui brillent au milieu de son visage délicat. Le crâne rasé, tout comme ses compagnons, il porte des vêtements amples et dépareillés qui lui donnent une allure négligée de petit voyou.

– Ils en avaient assez du look Robin des bois, explique Brutal. Maintenant, ils ressemblent à de jeunes anarchistes. C'est charmant, au début, mais ça ne les rend pas moins dangereux !

Arielle remarque que l'elfe noir tient un bout de papier dans sa main.

– 230, rue du Sphinx ! dit celui-ci en regardant le papier. On est au bon endroit ?

230, rue du Sphinx. C'est l'adresse d'Arielle. Quelqu'un leur a indiqué où elle habite. Impossible que ce soit Nomis ou Razan, les sylphors sont leurs ennemis jurés. Qui alors ?

– Qui t'a donné cette adresse ? demande Brutal.

L'elfe ne répond pas. Il continue d'avancer. D'un air impassible, il froisse le bout de papier entre ses doigts et le jette.

– Arrête-toi ! lui ordonne Brutal en le menaçant de son injecteur acidus. Ne va pas plus loin !

Le sylphor leur adresse un sourire forcé, puis, d'un geste rapide, presque imperceptible, sort un long couteau de son manteau. La lame se met aussitôt à briller sous leurs yeux.

– Attention, c'est une dague fantôme ! crie Brutal.

– Vous feriez mieux de me donner le médaillon maintenant, affirme l'elfe noir. Ça nous éviterait bien des problèmes.

– Ne l'écoute pas, Arielle ! fait Brutal.

– Sais-tu qui je suis, jeune fille ? poursuit le sylphor. Je suis Falko, le voïvode des clans du Nouveau Monde. Cette terre est mon royaume, elle m'appartient. Je suis le sylphor le plus puissant du continent. Pour en arriver là, j'ai dû éliminer tous ceux qui se sont mis en travers de ma route.

Il se met à rire.

– Alors, crois-tu vraiment que je vais laisser une petite ado boutonneuse et son animalter s'interposer entre le médaillon et moi ?

J'ai beaucoup de défauts, rage intérieurement Arielle, *mais j'ai jamais eu de boutons!*

– Arielle, qu'est-ce qui se passe? demande Rose.

Arielle peut lire la peur sur son visage et sur celui d'Émile.

– Partez tous les deux! leur lance-t-elle. Faut pas rester ici!

Elle leur indique un passage situé entre le garage et la haie de cèdres qui leur permettra de rejoindre la cour arrière.

– Personne ne part sans ma permission! déclare Falko en faisant un geste en direction des autres sylphors.

L'un d'eux bondit alors dans les airs et atterrit juste derrière Rose et Émile. D'une seule poussée, il envoie Émile rouler sur l'asphalte du parking, puis saisit les deux bras de Rose et la tire violemment vers lui.

Rose lance un regard désespéré à son amie.

– Lâchez-la! s'écrie Arielle. Elle ne vous a rien fait!

– Donne-moi le médaillon! répond Falko. Aussitôt que le bijou sera en ma possession, Hermod relâchera ton amie.

Arielle observe tour à tour Falko et l'autre sylphor. Elle doit tenter quelque chose. Pas question de leur donner le médaillon. Pas question non plus de les laisser faire du mal à Rose. Elle lève son injecteur acidus. Brutal a deviné ses intentions, mais il est déjà trop tard.

– Arielle, ne fais pas…

Il n'a pas le temps de terminer sa phrase. En brandissant son injecteur, Arielle s'élance vers Hermod. Il n'en faut pas plus à Falko pour ordonner l'exécution de Rose.

– Tue-la ! aboie-t-il à Hermod.

Ce dernier obéit sur-le-champ. Il sort un poignard et l'approche du cou de Rose. Avec une rapidité qui n'est pas humaine (gracieuseté de sa condition d'alter), Arielle plonge vers l'avant et réussit à repousser la lame d'Hermod. D'un mouvement brusque, elle frappe ensuite le sylphor au visage. Hermod lâche Rose et recule en écartant les bras. *C'est ma chance !* se dit Arielle. Elle raffermit sa prise sur l'injecteur acidus et l'abat au milieu de la poitrine de l'elfe. L'objet entre en contact avec quelque chose de dur (sans doute le protège-cœur dont parlait Brutal) et libère aussitôt son acide. Un petit trou de la grandeur d'une pièce de monnaie se forme sur la chemise d'Hermod, puis sur l'armure de métal qui se trouve en dessous. Une aiguille jaillit alors du cylindre d'argent et s'enfonce dans le cœur du sylphor. Hermod se fige et lance un regard étonné en direction d'Arielle alors que les larmes d'elfe de lumière ont déjà commencé à se propager en lui. Il pousse un dernier cri, puis tout son corps se fige et se morcelle sous les yeux horrifiés d'Arielle. Les membres asséchés du sylphor tombent sur le sol et s'accumulent aux pieds de la jeune fille.

Pendant ce temps, Émile se relève et vient retrouver Rose.

– Allez-vous-en ! leur dit Arielle. Vite !

Émile prend Rose par la main et l'entraîne à sa suite. Tous les deux disparaissent dans le passage menant à la cour arrière.

Arielle se doute bien que Falko ne la laissera pas s'en sortir aussi facilement. Brutal a réussi à s'interposer entre le sylphor et elle, mais cela ne suffira pas à le retenir. Après avoir paré quelques-unes de ses attaques, Falko agrippe Brutal par le cou et le projette à plusieurs mètres de distance. L'animalter retombe de l'autre côté du parking, sur le terrain du voisin. Arielle fouille dans la poche de son manteau et découvre qu'il lui reste un autre injecteur acidus. Elle le prend et le pointe en direction de Falko qui fonce vers elle à toute allure. La lueur bleutée de la dague fantôme illumine le visage livide de l'elfe. Pendant une seconde, leurs regards se croisent et Arielle entrevoit la démence exaltée qui brille dans ses yeux noirs. Falko comprend ce qu'elle a vu et sa bouche s'étire en un horrible rictus.

Il va la réduire en pièces, et elle le sait.

16

Le voir foncer ainsi dans
sa direction la paralyse...

Tous ses instincts aiguisés d'alter l'incitent à déguerpir au plus vite, mais elle en est incapable. Falko a réussi à l'envoûter, sans doute grâce à un sort diabolique ; ses membres sont figés et son regard ne peut se détacher de celui de l'elfe. L'injecteur ne lui sera d'aucun secours cette fois.

La lame de la dague fantôme n'est plus qu'à quelques centimètres de son cœur lorsqu'elle entend un puissant battement d'ailes derrière elle. Arielle a à peine le temps de lever la tête qu'un grand corbeau au plumage sombre s'interpose entre Falko et elle. L'oiseau referme ses serres sur la dague fantôme et l'arrache de la main de Falko. Il pousse un cri strident, puis reprend de l'altitude en emportant la dague avec lui. « Les alters ! hurlent les quatre autres elfes à leur chef. Ils sont ici ! »

Plus loin derrière, Arielle remarque qu'un groupe d'alters a entouré les sylphors. Certains les menacent de leur injecteur acidus, d'autres, avec leur épée fantôme. Parmi eux, il y a les alters de Léa Lagacé et des trois clones, et aussi ceux d'Olivier Gignac et de William Louis-Seize, les fiers-à-bras de Simon Vanesse. Razan, l'alter de Noah Davidoff, est à leur tête. Il est flanqué de ses deux dobermans animalters.

Falko n'a pas l'intention d'abandonner aussi facilement. Pas aussi près du but. Il tend une main vers le médaillon d'Arielle.

– Éloigne-toi d'elle ! ordonne une voix que tout le monde reconnaît.

Le vent fait claquer les pans du manteau de Nomis au-dessus de leurs têtes. Tombant du ciel comme une bombe, il se jette sur Falko et parvient à le renverser. Ils font plusieurs roulades sur le sol en échangeant des coups, jusqu'au moment où Falko saisit Nomis par la taille et le repousse violemment vers le ciel. Manœuvrant habilement dans le vide, Nomis réussit à reprendre son équilibre et à revenir se poser tout près de Falko. Il prépare une nouvelle charge contre l'elfe noir, mais celui-ci ne lui laisse pas le temps de contre-attaquer ; il fait un puissant bond à la verticale et disparaît dans le ciel noir.

– Lâche ! crie Nomis à Falko qui n'est déjà plus visible.

Arielle entend de nouveau les battements d'ailes du grand corbeau. Pas de doute, c'est un animalter. Il les survole une dernière fois, puis vient se poser aux côtés de Nomis. Il reprend forme humaine et remet la dague fantôme à son maître.

– Essaie de suivre Falko jusqu'à sa tanière, lui lance Nomis.

L'animalter acquiesce et s'élance aussitôt dans les airs. Son corps redevient celui d'un oiseau dès le début de son ascension. Il émet un cri qui résonne avec écho, puis s'oriente vers l'ouest, tout comme Falko avant lui.

Les autres alters se chargent des derniers elfes. Étant plus nombreux, il ne leur faut pas longtemps pour les supprimer. L'un des sylphors a droit à une pluie d'injecteur acidus, tandis que les trois autres goûtent aux lames tranchantes des épées fantômes. Souvent, une décapitation en règle est aussi efficace qu'un injecteur en plein cœur pour réduire un elfe à néant. À l'endroit où se tenaient les sylphors quelques instants plus tôt, il n'y a plus maintenant que quatre petits tas de membres desséchés.

Arielle se dit qu'elle est la prochaine. Les alters vont s'en prendre à elle maintenant que les elfes noirs ont été neutralisés. Elle doit quitter les lieux, mais pas sans Brutal. Elle aperçoit soudain les deux dobermans animalters sur le terrain du voisin. Ils ont rejoint Brutal et l'ont immobilisé. La jeune fille s'apprête à lui porter secours lorsqu'elle est elle-même arrêtée. Quelqu'un se glisse derrière elle et passe un bras autour de son cou. Elle se débat, mais son assaillant est trop fort. Si elle se fie à sa force et à sa taille, il s'agit certainement d'un homme. Sans délicatesse aucune, il enfouit une de ses mains sous son chemisier et la referme sur le médaillon. D'un seul coup, il fait céder la chaînette et s'empare du bijou.

– Je l'ai ! annonce la voix neutre de l'homme.

Un sourire satisfait éclaire le visage de Nomis.

– Parfait, répond-il. Tu peux la lâcher maintenant.

Enfin libérée, Arielle se retourne et fait face à son assaillant. La cicatrice sur sa joue est identifiable entre mille : c'est celle de Noah Davidoff. Ou plutôt de Razan. Leurs regards se croisent. Arielle ne sent aucune émotion de sa part, mais espère qu'il peut ressentir toute la haine qu'elle éprouve pour lui. Sans le médaillon, elle ne peut conserver ses attributs d'alter. Déjà, elle sent son corps qui commence à reprendre sa forme originale. Sous les yeux de Razan, elle redevient lentement Arielle Queen, la petite rouquine trapue à l'épiderme tacheté. L'alter ne la quitte pas des yeux. Elle rétrécit de plusieurs centimètres et Razan doit baisser la tête pour continuer de suivre sa métamorphose.

Arielle tente de s'éloigner de lui, mais sans succès. Elle s'empêtre dans ses vêtements qui, à certains endroits, sont devenus trop grands et, à d'autres, trop étroits. Comble de l'humiliation, elle fait une chute et se retrouve face contre terre.

– Pourquoi les petites grosses s'obstinent-elles à porter des vêtements aussi moulants ? fait Ael, l'alter de Léa, en ricanant.

Les autres alters éclatent de rire.

– Le cuir, c'est pas pour tout le monde ! renchérit l'alter d'Olivier Gignac. Elle a l'air d'une grosse carotte enroulée dans des algues à sushi !

Nouvelle explosion de rires. Cette fois, c'en est trop ; Arielle éclate en sanglots. Cela ne fait qu'attiser l'hilarité générale.

– Donne-moi la main.

Arielle relève la tête. La main de Razan est tendue vers elle. Pas question qu'elle accepte son aide si c'est pour qu'il la ridiculise davantage.

– Allez, insiste-t-il.

Contrairement aux autres, il ne rit pas. Ses traits demeurent impassibles, comme toujours.

– Dépêche-toi de la relever, qu'on en finisse ! lui lance Nomis avec impatience.

Razan la prend par le bras et la relève d'un coup. Sa force est impressionnante.

– Allons ranger le médaillon dans la salle du coffre, déclare Nomis. Il n'y a que là qu'il sera en sécurité.

– Je m'en occupe, lui répond Razan. Toi et les autres, vous devriez plutôt essayer de retrouver Falko. Vous êtes de meilleurs traqueurs que moi.

Nomis évalue la proposition de son lieutenant.

– D'accord, finit-il par dire. Prends Ael et Reivilo avec toi.

– Pas besoin. Geri et Freki vont m'accompagner.

– Comme tu veux, concède Nomis. On se retrouve plus tard au manoir. Et n'oublie pas de te débarrasser de la petite et de son animalter.

– Sans problème, fait Razan.

Arielle sent sa gorge se nouer. A-t-elle bien compris : ils comptent se débarrasser d'elle et de Brutal ? *À quoi tu t'attendais?* pense-t-elle. *Ce sont des démons, des créatures du mal. Ils ont réduit en poussière quatre puissants elfes. Tu crois que ça les dérange d'éliminer une petite rousse obèse et son empoté de matou?*

Nomis, Ael et les autres alters prennent tour à tour leur envol, les abandonnant, Brutal et elle, aux mains de Razan et de ses deux dobermans.

Razan attend que le dernier alter ait quitté les lieux avant de s'adresser à Arielle:

– T'inquiète pas, Vénus, lui dit-il. Les chiens et moi, on vous fera pas de mal.

Il défait les premiers boutons de sa chemise et lui montre le pendentif qui est suspendu à son cou.

Il s'agit du second médaillon demi-lune.

17

Arielle est incapable de cacher sa surprise…

– Est-ce que ça va ? lui demande Razan.

Elle ne répond pas, encore fortement ébranlée. Elle était certaine que son heure était venue. D'après ce que vient de dire Razan, il semble que ce ne soit pas le cas : « T'inquiète pas, Vénus. Les chiens et moi, on vous fera pas de mal. » Et comme pour le confirmer, les deux dobermans relâchent Brutal qui vient immédiatement retrouver Arielle.

– *Gracias*, lance Brutal à Razan. Je commençais à croire qu'ils ne partiraient jamais.

Les propos de Brutal laissent sous-entendre qu'il est de mèche avec Razan. Arielle se tourne vers l'animalter et lui fait comprendre, d'un froncement de sourcils bien appuyé, qu'elle exige des explications.

– Pas ici, fait Brutal. Remontons dans ta chambre.

Sans qu'elle ait le temps de répondre, l'animalter la prend dans ses bras et, d'un seul bond, parvient à la transporter jusque sur le toit du garage. Razan et ses deux dobermans viennent les y rejoindre de la même façon. Ils entrent tous dans la chambre par la fenêtre restée ouverte. Il fait un froid glacial à l'intérieur. Frigorifiée, Arielle se dépêche de revêtir sa robe de chambre. Elle songe avec regret que les propriétés thermales de son corps d'alter lui éviteraient ce genre de désagrément.

– C'est l'ami que nous devions rencontrer ce soir, lui précise Brutal.

Razan acquiesce, puis prend la parole :

– Je m'apprêtais à me rendre au lieu de rendez-vous, explique-t-il, mais un de nos informateurs nous a avertis au dernier moment que Falko et ses elfes planifiaient de vous attaquer. Nous avions peur qu'ils s'emparent du médaillon. C'est pour ça que nous sommes intervenus.

Arielle l'observe de nouveau.

– Tu portes l'autre médaillon demi-lune, dit-elle. Ça veut dire que tu n'es pas Razan ?

– C'est moi, Noah, répond-il. Razan est bien là, quelque part en moi, mais j'arrive à le contrôler grâce au médaillon.

– Nomis est au courant ?

Il fait non de la tête.

– Personne à part toi ne sait que j'ai le deuxième médaillon. Les autres alters croient toujours que je suis Razan.

– Tu arrives à te faire passer pour lui ?

– Pour l'instant, mais ça ne durera pas. Nomis est intelligent. Il va bien finir par se rendre compte de quelque chose.

– C'est toi, le second élu ? demande Arielle.

– Ça m'en a tout l'air.

– Montre-moi ta marque.

Noah retire son manteau, déboutonne sa chemise et lui présente sa tache de naissance en forme de papillon.

– Elle est brune, fait remarquer Arielle.

Le garçon mouille son pouce sur sa langue et le passe sur la tache. Une substance diluée, ressemblant à une fine boue, se forme aussitôt sur son bras. Il l'essuie avec la paume de la main et Arielle constate que le papillon est devenu blanc.

– J'utilise le maquillage de ma mère pour l'assombrir, explique Noah. Si les alters découvraient que ma marque est différente de la leur, ils comprendraient vite que je suis l'un des deux élus.

– Et moi, ils savent bien qui je suis, non ? Qu'est-ce qu'ils vont me faire ? Me pourchasser dans tout le pays ?

– Pas si tu te caches.

– Me cacher ? Où ?

– Je vous ai loué une chambre au motel Apollon. Vous passerez la nuit là-bas. Je viendrai vous voir demain soir.

Cette réponse ne satisfait pas Arielle. Elle n'a pas envie de passer le reste de son existence à fuir. Elle veut terminer ses études, avoir un copain, trouver un travail, s'acheter une maison, fonder une famille.

– Nomis doit croire que je vous ai tués, Brutal et toi, comme il me l'a ordonné, poursuit Noah. Mais, pour que ça fonctionne, vous devez disparaître.

– Et si on réunissait les deux médaillons maintenant ? propose-t-elle. On serait enfin débarrassés des alters et probablement que les elfes nous laisseraient tranquilles, qu'est-ce que t'en penses ?

– Et laisser la Terre aux elfes noirs ? rétorque Noah. Non, c'est impossible. La prophétie est claire à ce sujet : les deux médaillons serviront à détruire les alters, mais seulement lorsqu'ils auront anéanti les sylphors, pas avant.

– Noah, je ne veux pas vivre comme une fugitive toute ma vie, tu comprends ? Il y a sans doute des milliers d'elfes noirs, répartis sur tous les continents. Ça va prendre une éternité avant de tous les éliminer.

– Nous trouverons une solution, je te le promets. Beaucoup de choses vont se produire dans les prochains jours. L'équilibre entre les forces du mal risque de changer. La présence d'un voïvode comme Falko à Belle-de-Jour en dit long sur leurs intentions. Quelque chose se prépare. Ils vont attaquer en force.

– Regarde ça, dit l'un des dobermans en tendant un bout de papier à Noah.

– C'est le papier que Falko a jeté tout à l'heure, fait Arielle. Mon adresse est inscrite dessus.

Noah lui donne le papier pour qu'elle puisse l'examiner à son tour :

VOUS LA TROUVEREZ
AU 230, RUE DU SPHINX
E. Q.

– Tu connais une personne qui porte les initiales E. Q. ? demande Noah.

Arielle réfléchit un moment. Il y a Élise Quevillon, la sœur de la grande Jolaine Quevillon. Mais elle est pensionnaire dans un collège privé de Noire-Vallée, à au moins deux cents kilomètres d'ici. Il y a aussi Ernest Quidoz, le frère du maire. Mais Arielle doute que ce soit lui : il passe ses journées au bar du coin et, en plus, elle croit qu'il est analphabète.

– Elizabeth Quintal ! lance soudain Brutal.

– Quoi ?

– E. Q., c'est Elizabeth Quintal ! affirme l'animalter en se rapprochant d'eux. Rose a dit qu'Elizabeth t'avait vue en compagnie d'Emmanuel cet après-midi et qu'elle avait paru très contrariée.

– Contrariée au point de te dénoncer aux elfes noirs ? demande Noah.

– Elizabeth ne connaît aucun elfe, riposte Arielle. Elle ne sait même pas qu'ils existent.

– Tu en es certaine ?

– Ce n'est pas elle.

Noah l'observe en silence.

– Tu devrais faire ta valise, déclare-t-il au bout de quelques secondes. On va bientôt partir pour le motel.

– Mon oncle va téléphoner à la police s'il se rend compte que je n'ai pas passé la nuit ici.

– On va lui laisser un mot disant que tu as dormi chez une amie.

Arielle n'apprécie pas beaucoup l'idée de passer la nuit dans un motel, mais elle doit se rendre à l'évidence : il serait beaucoup trop dangereux de rester ici. Elle prend donc un sac dans son placard et commence à le remplir de vêtements.

– Alors, qu'est-ce qu'on fait pour Elizabeth ? demande Brutal.

– Je vais m'occuper d'elle, répond Noah.

Arielle relève la tête et pointe son index vers lui.

– Ne t'approche pas d'elle !

– Je n'ai pas d'ordre à recevoir de toi, Vénus.

– Laisse mes amis tranquilles ! Je ne veux pas qu'ils soient mêlés à tout ça. Et arrête de m'appeler Vénus !

Noah hausse le ton à son tour :

– Quelqu'un a indiqué aux elfes qu'un des médaillons demi-lunes se trouvait ici et j'ai bien l'intention de découvrir qui !

– Ce n'est pas Elizabeth !

– On verra ça !

Il referme le sac d'Arielle et le jette sur son épaule.

– Hé ! j'ai pas fini !

– Ça suffit comme ça. Tu as assez de vêtements là-dedans pour tenir un mois. Dépêche-toi d'écrire le message pour ton oncle et viens nous rejoindre en bas.

Le sac d'Arielle sur le dos, Noah saute par la fenêtre et disparaît dans la nuit. Il est rapidement suivi par ses deux dobermans.

Arielle serre les mâchoires tout en se tournant vers Brutal. Elle fulmine :

– Non mais, pour qui il se prend ?

18

Le motel Apollon se trouve à
l'autre bout de la ville…

Ils décident de s'y rendre par la voie des airs. Noah et ses deux dobermans ouvrent la voie. Arielle et son sac font le voyage sur le dos de Brutal.

Il leur faut à peine dix minutes pour traverser la ville tout entière. Après avoir survolé le bâtiment principal du motel, ils se posent en douceur dans le parking. Noah les abandonne pour se rendre à la réception. Il en revient quelques instants plus tard.

– Chambre numéro 23, fait-il en tendant une clef à Arielle.

– Où as-tu trouvé l'argent pour payer la chambre ?

Le garçon lui montre une liasse de billets.

– C'est à mon père. Il en a tellement qu'il ne les compte plus. Tiens, voilà trois cents euros. J'ai aussi laissé un téléphone portable et un sac de nourriture dans la chambre, au cas où ton chat et toi auriez une petite faim.

Sans la moindre gêne, Arielle prend l'argent et l'enfouit dans sa poche. Quelque chose lui dit que, tôt ou tard, elle en aura besoin.

– Je dois te parler seul à seule, lui dit Noah en prenant son sac.

Il l'entraîne dans la chambre et referme la porte derrière lui.

– Geri et Freki reprendront leur forme animale après mon départ, déclare Noah. Ils monteront la garde devant ta porte cette nuit. Tu seras en sécurité.

– Et toi, quels sont tes projets ?

– Essayer de découvrir qui est E. Q., répond-il en posant son sac sur le lit.

– Que vas-tu faire de mon médaillon ?

– Le déposer dans le coffre-fort du manoir. Nomis vérifie son contenu tous les jours. Ton médaillon doit s'y trouver demain matin, sinon il se doutera de quelque chose.

Il y a un silence, suffisamment long pour qu'un malaise s'installe entre eux.

– C'est toi qui as donné le médaillon à Elleira ? lui demande finalement Arielle.

Le garçon fait signe que oui.

– Les deux pendentifs étaient en ma possession depuis longtemps.

– Où les as-tu trouvés ?

Noah répond que c'est un chevalier fulgur qui les lui a remis. Le chevalier a affirmé qu'il était le descendant d'Ulf Thorvald, le chasseur de démons qui s'est emparé des médaillons lors de l'attaque de 1150. Après avoir quitté les pays du Nord, Thorvald a créé la fraternité de Mjölnir, une société secrète qui s'est donné pour mission de combattre les elfes noirs et les alters. En 1759, la fraternité a changé de nom et est devenue l'Ordre des chevaliers fulgurs. Depuis ce temps, les chevaliers sont les dépositaires des médaillons. Ils joueront ce rôle jusqu'à ce que la prophétie se réalise et que le monde des ténèbres soit enfin vaincu.

Que le monde des ténèbres soit enfin vaincu ? se répète Arielle. Brrr... ça lui donne des frissons dans le dos.

Le chevalier a expliqué que le second élu était une jeune femme, poursuit Noah, et qu'il n'avait pas à la chercher, qu'elle viendrait un jour à lui. Il lui suffirait alors de lui transmettre le second médaillon. Un jour, pendant une fête au manoir, Noah a découvert que la marque d'Elleira était blanche, comme la sienne. Il a tout de suite compris qu'Arielle était la seconde élue. Il a donc offert le deuxième médaillon demi-lune à Elleira afin qu'elle le porte et qu'Arielle puisse la dominer, comme il avait réussi à dominer Razan. Au début, Elleira ne savait pas de quoi il s'agissait, mais elle a vite compris que le médaillon était celui dont parlait la prophétie. Elle a menacé de le dénoncer à Nomis, mais, quelques jours seulement après avoir proféré ces menaces, elle est venue le voir et a proposé de l'aider. Elle lui a expliqué que c'était plus fort qu'elle, qu'elle avait vraiment eu l'intention de tout raconter à Nomis, mais que quelque chose l'en avait empêchée.

Elle pensait que ça venait d'Arielle.

– De moi ? s'étonne la principale intéressée.

– Les alters sont une partie de nous, Arielle. Tu as eu une influence sur les choix d'Elleira. Je crois que c'est toi qui l'as poussée à m'aider, à me protéger.

– Pourquoi j'aurais fait ça ?

– Peut-être parce que tu es amoureuse de moi.

Hein ? A-t-elle bien compris ?

– Moi ? Amoureuse de toi ?

Elle ne peut s'empêcher de sourire. Arielle Queen amoureuse de Noah Davidoff ? Idée ridicule. Elle éclaterait de rire si elle ne craignait pas de l'offenser.

– Tu te trompes, Noah. C'est Elleira qui était amoureuse de toi, et elle en est morte. Mourir d'amour, ça ne risque pas de m'arriver.

– Ça t'arrivera si tu continues de fréquenter Emmanuel.

Cette fois, il l'a piquée au vif. Elle doit se retenir pour ne pas l'envoyer promener.

– Laisse Emmanuel en dehors de ça !

– Tu ne dois pas lui faire confiance, insiste Noah. Je crois que c'est un serviteur kobold à la solde des elfes.

– Un serviteur kobold ? Qu'est-ce que c'est que ça encore ?

– Ce sont des apprentis sylphors. Des jeunes garçons et des jeunes filles qui rêvent de posséder le pouvoir des elfes. Ils servent à la fois de valets et de gardiens. Les elfes noirs les brûlent au fer rouge pour marquer leur droit de propriété et pour les identifier. La marque est en forme de poignard et elle est généralement située sur les poignets. Comme ils sont encore humains, les serviteurs kobolds peuvent se déplacer le jour, ce qui leur permet de protéger la tanière des elfes noirs contre d'éventuelles attaques. Ils ont également un rôle d'espion et de commando diurne. C'est pourquoi de puissants alters comme Nomis développent la possession intégrale, qui leur permet de s'éveiller le jour et de se défendre contre les kobolds qui s'en prennent à leur personnalité primaire. Les serviteurs kobolds sont de redoutables créatures, qui ne pensent qu'à une chose : satisfaire leurs maîtres, assez pour que ceux-ci leur accordent l'Élévation elfique, qui les transformera en elfes noirs. Hier soir, au manoir Bombyx, Emmanuel faisait office d'éclaireur pour le compte des sylphors. Lorsqu'il t'a vue sortir du manoir, et qu'il s'est rendu compte que tu portais un des médaillons demi-lunes, il s'est aussitôt lancé à ta poursuite. Tu comprends ce que ça veut dire ? Il ne se sauvait pas, Arielle, il te pourchassait.

– Désolée, mais je ne te crois pas, répond Arielle. Emmanuel ne s'est jamais montré menaçant, au contraire. C'est même grâce à lui si j'ai réussi à échapper à tes dobermans, tu te souviens ?

– Ce qu'il veut, c'est gagner ton amitié. Il se dit que, de cette manière, tu finiras tôt ou tard par le conduire au second médaillon. Mais ses maîtres sylphors ne sont pas aussi patients que lui. C'est pour ça qu'ils t'ont attaquée ce soir.

– Ce sont des suppositions, rétorque Arielle. Juste des suppositions. Qui me dit que ce n'est pas toi qui me mènes en bateau ?

Elle ouvre son sac et commence à sortir ses vêtements. Elle doit se débarrasser de ce costume d'alter qui ne lui va plus du tout.

– Arielle, ne te laisse pas séduire par Emmanuel, poursuit Noah. Tu n'as pas remarqué qu'il porte des bracelets en cuir aux poignets ? C'est comme ça qu'il cache la marque des kobolds.

Ça ne prouve rien, se dit Arielle. *Les bracelets sont des cadeaux de sa grand-mère, pourquoi ne les porterait-il pas fièrement ?*

– Je me demande vraiment ce que tu as contre lui, lance-t-elle. On dirait que tu es jaloux. C'est peut-être toi qui es amoureux de moi, après tout !

Noah se rapproche d'Arielle.

– Oui, je le suis, répond-il. Mais ce n'est pas pour cette raison que je te dis de te méfier d'Emmanuel.

Arielle se fige.

– Tu es… amoureux de moi ?

Elle est incapable de bouger. C'est la première fois qu'un garçon lui avoue une chose pareille.

– C'est si difficile à croire ? rétorque Noah.

Arielle baisse les yeux, incapable de soutenir son regard. Sans prévenir, il s'élance vers elle et l'embrasse. D'instinct, elle tente de le repousser mais en est incapable ; il est trop fort. Différentes images se mettent alors à défiler dans l'esprit d'Arielle. Tout reste flou, mais elle arrive tout de même à reconnaître l'entrée du manoir Bombyx. Elle y entre, comme la veille, accompagnée de Brutal. Noah est présent lui aussi. Il les conduit à la salle de bal.

Arielle a l'impression d'être projetée dans le passé, comme si elle faisait l'expérience d'un long retour en arrière. Devant elle s'ouvrent les portes de la salle de bal. Les mêmes alters dansent au son de la même musique techno. Nomis se trouve sur l'estrade, au centre de la salle. Il invite Arielle à le rejoindre. Peu après, les alters se rassemblent autour d'elle et commencent à taper des mains et à scander son nom. Vient ensuite l'explosion. La musique s'arrête. Un alter crie : « Les sylphors ! Ce sont les sylphors ! » Les vitraux éclatent un à un, et les alters se mettent à hurler. « *Vite ! Retire le médaillon !* lui ordonne Elleira. *À partir de maintenant, je m'occupe de tout.* » Arielle enlève le médaillon et sent dès cet instant que son corps ne lui appartient plus. Elleira exercera bientôt le contrôle. Les elfes noirs envahissent la salle de bal et transpercent les alters de leurs flèches. La vision d'Arielle s'assombrit. Elle est paralysée, elle ne peut plus bouger. La dernière chose qu'elle entend avant d'être remplacée par Elleira, c'est une voix d'homme qui veut lui porter secours : « Arielle, par ici ! »

Cette voix est celle de Noah. Elle a perdu conscience, mais assiste tout de même à la scène en spectatrice impuissante. Noah prend la main d'Elleira et l'entraîne vers l'extrémité de la salle. À grands coups d'épée fantôme, il leur ouvre un chemin à travers les essaims de sylphors qui tentent de leur bloquer le passage. Ils réussissent à atteindre une petite porte basse, derrière le bar. Cette porte donne sur un escalier qui mène à la cave. Tous les deux se dépêchent d'y descendre. Une fois arrivé en bas, Noah range son épée et s'approche d'Elleira.

– Ça va ? demande-t-il en examinant chaque partie de son corps pour s'assurer qu'elle n'est pas blessée.

– Je m'affaiblis d'heure en heure, répond Elleira. Au lever du soleil, je serai morte.

– Elleira… je suis désolé.

– J'ai remis le médaillon à Arielle. La suite dépend de vous.

– Je ne sais pas comment te remercier.

Un craquement retentit en haut des escaliers et résonne dans toute la cave.

– Les elfes seront bientôt ici ! lance Noah. Le passage qui est situé au fond de la cave te conduira à l'extérieur du manoir. Dirige-toi ensuite vers la forêt, c'est le meilleur moyen de leur échapper. Je vais essayer de les retenir ici pendant ce temps-là.

– Noah, j'ai fait tout ce que tu m'as demandé, dit Elleira. Je n'ai jamais rien exigé en retour. Mais aujourd'hui je voudrais quelque chose : un baiser.

Noah hoche la tête. Il fait un pas vers Elleira et pose ses lèvres sur les siennes. Elleira sourit et des larmes se mettent à couler sur ses joues.

– Il faut que tu partes maintenant ! lui murmure Noah.

Elleira le regarde une dernière fois, puis s'élance en direction du passage.

Le rêve s'arrête soudainement. Arielle ouvre les yeux et réalise qu'elle n'essaie plus de repousser Noah. Au contraire, c'est elle qui est en train de l'embrasser. Un sentiment de culpabilité l'envahit aussitôt. Elle a l'impression d'avoir trahi la confiance d'Emmanuel.

– Arrête ! ordonne-t-elle en mettant fin à leur étreinte. Qu'est-ce que tu m'as fait ? Tu m'as envoûtée, c'est ça, hein ?

– Mais non, je ne t'ai pas envoûtée…

– Tu mens. Va-t'en ! Laisse-moi seule !

– Arielle…

– Sors d'ici !

Noah acquiesce d'un signe de tête, puis sort de la chambre, sans rien ajouter. Brutal vient rejoindre Arielle quelques minutes plus tard. Elle a eu le temps de retirer son costume d'alter pour passer quelque chose de plus confortable.

– Ça va ? lui demande l'animalter.

– D'après toi ?

Brutal retire son manteau de cuir et le lance sur le lit.

– Noah dit qu'il reviendra demain soir.

– Tant mieux pour lui !

– Il préférerait que tu ne quittes pas la chambre.

– J'ai pas d'ordres à recevoir de lui.

Sa réponse fait sourire Brutal.

– Il veut seulement t'aider…

– Je ne lui fais pas confiance.

– Ah non ? Pourquoi ?

– Emmanuel m'a dit de me méfier de lui.

– Et tu fais confiance à Emmanuel ?

– Il s'est porté à ma défense.

– Noah aussi.

Arielle soupire bruyamment. Trop d'idées se bousculent dans sa tête. Elle n'arrive plus à réfléchir convenablement.

– Je n'ai plus envie de discuter, dit-elle en espérant que cela mettra un terme à leur conversation. Je suis fatiguée. Je veux dormir. Les dobermans sont encore là ?

– Aux dernières nouvelles, ils montaient la garde à l'extérieur, répond Brutal. (Puis, en haussant la voix en direction de la porte, il s'écrie :) TOUJOURS LÀ, LES CANICHES ?

Des grognements d'irritation se font entendre de l'autre côté de la porte. Une grimace de dédain se dessine alors sur le visage félin de Brutal.

– Je déteste ces sales bêtes !

19

Arielle s'endort rapidement...

Sa nuit est perturbée par une succession de cauchemars évoquant des combats sanguinaires entre alters et elfes noirs. Elle éprouve une certaine délivrance lorsque les miaulements de Brutal la tirent du sommeil le lendemain matin. Elle tourne lentement la tête et remarque qu'il a retrouvé tous ses attributs de chat domestique. Il est installé sur son oreiller, en position assise. Tout doucement, il penche la tête et commence à lécher son nez avec sa petite langue rugueuse.

– OK, ça suffit ! s'écrie-t-elle en le poussant. À l'avenir, j'aimerais que tu évites de poser ta langue sur moi. (Il s'immobilise et la fixe de son regard neutre de félin.) Ne fais pas l'innocent : on sait tous les deux que tu es beaucoup plus qu'un simple chat !

Le réveil indique qu'il est 8 h. Arielle repousse les draps et se lève. Le soleil éclaire la chambre à travers les rideaux élimés. Elle entend des grognements à l'extérieur. Les dobermans sont toujours là. Eux aussi ont probablement repris leur apparence animale.

Arielle allume la télé et fait le tour des différentes chaînes. Rien d'intéressant. À 8 h 12 précises, son ventre se met à gargouiller, signe qu'elle a faim. Elle prend une pomme dans le sac de nourriture laissé par Noah et la mange en regardant une publicité de marteaux à la télé. Elle se recouche vers 9 h 30, ne trouvant rien d'autre à faire. Son sommeil est plus paisible et plus profond cette fois. Elle se réveille au milieu de l'après-midi, un peu avant 15 h. Après avoir mangé quelques biscuits, elle décide de prendre une douche et de s'habiller, avec la ferme intention de sortir. Elle doit absolument voir Emmanuel et lui demander ce qu'il pense de tout ça.

Dès l'instant où elle revêt son manteau, Brutal se faufile entre ses jambes et s'interpose entre sa paire de bottes et elle. Il émet un sifflement menaçant lorsqu'elle tend la main pour les récupérer. De toute évidence, il ne veut pas qu'elle sorte.

– Tu ne me feras pas changer d'idée, dit-elle en l'agrippant et en le lançant sur le lit.

Il pousse un miaulement plaintif.

– Inutile de me prendre par les sentiments.

Arielle prend le portable que Noah lui a laissé et appelle un taxi. Cela fait, elle ouvre la porte pour sortir de la chambre, mais se retrouve face à face avec les deux dobermans. Crocs sortis, ils la fixent en grognant.

– Laissez-moi passer !

Ils continuent à montrer les dents. Ils ne bougeront pas de là.

– Qu'est-ce que vous allez faire ? Me mordre ? Noah ne sera pas content.

Elle fait un pas vers eux. Leurs grognements s'amplifient aussitôt.

– Écartez-vous ! ordonne-t-elle, consciente qu'elle doit rapidement surmonter sa peur si elle veut quitter cet endroit.

La tête et les épaules bien droites, Arielle fait un pas de plus dans leur direction. Les chiens aboient et grognent, mais ne s'en prennent pas à elle. *Vas-y ! T'es capable !* se dit-elle pour se motiver. Elle ferme la porte de la chambre, puis, tout en retenant son souffle, se faufile prudemment entre les deux animalters. Tout se passe bien, à son grand soulagement. Du même pas lent, elle se rend jusqu'à la réception du motel, mais décide finalement d'aller attendre le taxi à l'entrée du parking. Les dobermans la talonnent jusqu'à ce qu'elle atteigne la route. Là, ils viennent se poster de chaque côté d'elle, comme deux gardes du corps. Elle sera débarrassée d'eux dès que le taxi arrivera. Le chauffeur ne les laissera pas monter.

Cinq minutes plus tard, Arielle aperçoit une voiture blanche qui tourne le coin de la rue. Sur ses portières sont inscrits les mots « TAXI BELLE-DE-JOUR » ainsi qu'un numéro de téléphone. Elle lui fait un signe de la main. La voiture ralentit, puis s'arrête devant elle.

– Je prends pas les chiens ! lance le chauffeur en baissant sa vitre.

Il ne pouvait pas lui faire plus plaisir.

– C'est parfait pour moi !

Avant que les dobermans n'aient le temps de réagir, Arielle ouvre la portière et se glisse à l'intérieur du taxi. Elle leur tire la langue à travers la vitre, ravie d'avoir réussi à les déjouer. Ils lui répondent en aboyant.

– Ces bêtes-là n'aiment pas être abandonnées par leur maître, déclare le chauffeur alors qu'ils s'éloignent du motel.

Arielle se retourne et jette un dernier coup d'œil en direction des dobermans. Elle ne peut s'empêcher de soupirer en les voyant trépigner sur place.

– Ils ne sont pas à moi. J'ai un chat, et ça me suffit.

À la demande d'Arielle, le taxi se gare devant la maison d'Emmanuel. Elle regarde sa montre. Les cours sont terminés depuis quelques minutes. Emmanuel devrait rentrer chez lui sous peu.

– Tu descends ou j'attends avec toi ? demande le chauffeur avec impatience.

Arielle fouille dans la poche de son manteau. L'argent que Noah lui a donné la veille s'y trouve toujours. Elle tend quarante dollars au chauffeur.

– C'est assez ?

Le regard de l'homme s'illumine.

– C'est assez, confirme-t-il sur un ton plus conciliant. À ce prix-là, je peux même te mettre de la musique.

Il lui montre un CD d'Elvis Presley.

– Merci, mais ça va aller.

La vieille voiture de Saddington apparaît au bout de la rue quelques instants plus tard. Elle fait un virage à quatre-vingt-dix degrés devant eux et se gare dans l'allée du parking. Il y a deux personnes à l'intérieur. Les portières s'ouvrent. Emmanuel est le premier à sortir. Il jette un coup d'œil intrigué en direction du taxi. Arielle lui sourit, même si elle sait qu'il ne la voit pas. Son enthousiasme est de courte durée ; il s'évanouit en même temps que son sourire lorsque la deuxième personne sort de la voiture.

Impossible de ne pas la reconnaître : c'est Elizabeth.

20

Arielle n'en croit pas ses yeux:
Emmanuel et Elizabeth…
ensemble?!…

Elle ne peut pas rester ainsi à les observer. Il faut qu'elle aille les retrouver, pour les affronter, pour leur demander des comptes. Elle a trop de questions. Des questions qui ne doivent pas rester sans réponses.

Arielle ouvre la porte du taxi et sort sans adresser un mot au chauffeur. D'un pas rapide, elle se dirige vers eux. Se peut-il réellement qu'Elizabeth soit le E. Q. du message ? Cette hypothèse lui semble maintenant tout à fait envisageable. Est-ce la colère qui la fait penser ainsi ? ou bien la jalousie ?

– Arielle ? C'est toi ?

Emmanuel s'éloigne de la Chevrolet et vient immédiatement à sa rencontre. Elizabeth reste en retrait. Elle croise les bras et la fixe d'un air incertain.

– Je t'ai cherchée partout, dit Emmanuel. Je me suis vraiment inquiété et…

– Tu t'es inquiété en bonne compagnie à ce que je vois.

– Quoi ?

Emmanuel lui lance un regard étonné, mais l'attention d'Arielle est déjà ailleurs. Un coup d'œil par-dessus son épaule lui suffit pour comprendre où Arielle veut en venir : Elizabeth et elle échangent des regards assassins.

– Elle m'a aidé, explique Emmanuel.

– Aidé ?

Arielle rompt le contact visuel avec Elizabeth et lève les yeux vers Emmanuel.

– Je ne savais pas où tu étais, explique-t-il. J'ai demandé à Elizabeth de m'emmener dans les endroits que tu as l'habitude de fréquenter. Nous avons fait le tour de la ville plusieurs fois pour te retrouver, Arielle.

Arielle en déduit qu'ils ont passé la journée ensemble. Cela l'affecte plus qu'elle ne l'aurait pensé.

– Tu ne te rends pas compte : Elizabeth est amoureuse de toi, Emmanuel !

Ces mots sont sortis de sa bouche sans qu'elle puisse les retenir. Arielle le regrette aussitôt. *Tu viens de trahir ta meilleure amie en dévoilant un de ses grands secrets,* songe-t-elle. *Pourquoi as-tu fait ça ? Pour te venger ? Pour lui remettre la monnaie de sa pièce ?*

– Amoureuse de moi ? répète Emmanuel, amusé. (Il regarde Elizabeth un instant, puis revient à Arielle.) OK, mais pourquoi ça te met autant en colère ?

Mais oui, pourquoi donc, Arielle? Elle-même n'est pas sûre de vouloir connaître la réponse.

– Brutal et moi avons été attaqués par des elfes hier soir, dit-elle au lieu de répondre à la question.

– Quoi? Ils ne t'ont pas fait de mal, au moins?

– Non, grâce aux alters. Ils sont intervenus au dernier moment.

Emmanuel s'approche d'elle et prend son visage entre ses mains.

– C'est pour ça que tu n'es pas venue à l'école aujourd'hui?

Arielle fait oui de la tête.

– Je suis désolé, soupire-t-il. J'aurais dû être là.

Elizabeth les observe toujours.

– Quelqu'un a prévenu les sylphors que le médaillon était en ma possession. C'est pour ça qu'ils sont venus chez moi.

– Tu en es certaine?

– Nous pensons que c'est Elizabeth.

– « Nous » ?

Doit-elle lui parler de Noah? Non, c'est inutile pour le moment. Il sera toujours temps de lui expliquer plus tard. Pour l'instant, il vaut mieux qu'elle se montre prudente. Qui sait, Noah a peut-être raison: Emmanuel peut très bien jouer un double jeu.

– Brutal a retrouvé une note écrite à la main sur laquelle il y avait mon adresse. Elle était signée « E. Q. ». C'est grâce à cette note que les elfes noirs ont trouvé ma maison.

– Et les initiales d'Elizabeth sont E. Q. ?

Arielle n'a pas besoin de répondre. Emmanuel devine à son air que c'est effectivement le cas.

– Je comprends maintenant pourquoi tu es en colère, dit-il en jetant un bref regard à Elizabeth. Tu crois qu'elle m'a guidé sur de fausses pistes aujourd'hui ?

– Pour le savoir, il faudrait lui poser la question.

Arielle contourne Emmanuel et se dirige vers Elizabeth. Elle marche rapidement, d'un pas décidé. Emmanuel lui emboîte le pas.

– Pourquoi tu as fait ça ?

Le regard d'Arielle se durcit à mesure qu'elle s'approche de sa meilleure amie.

– Fait quoi ?

– Pourquoi tu leur as dit que j'avais le médaillon ?

– Mais de quoi tu parles ?

– Explique-moi, Eli ! Pourquoi m'as-tu trahie ?

– C'est toi qui m'as trahie ! rétorque Elizabeth. Je t'ai dit qu'Emmanuel m'intéressait. Mais tu t'es quand même rapprochée de lui. Je pensais que je pouvais te faire confiance !

– Ne change pas de sujet, Elizabeth ! Je sais que c'est toi qui as donné mon adresse aux elfes noirs !

– Des elfes ?… répète Elizabeth comme si c'était la première fois qu'elle entendait ce mot. Quels elfes ?

Son étonnement est tout à fait sincère. Arielle observe son amie. Elle ne décèle aucune malice en elle, juste de la colère. Est-il possible que Brutal se soit trompé et que ce ne soit pas Elizabeth qui ait donné son adresse aux sylphors ? Mais qui l'aurait fait alors ? Et qui est ce E. Q. si ce n'est pas Elizabeth ?

– Quelque chose ne va pas ? demande Emmanuel en s'approchant.

Arielle hésite.

– Je ne suis pas certaine, répond-elle. J'ai… j'ai peut-être fait une erreur.

Tour à tour, Elizabeth les interroge du regard. Elle ne comprend pas ce qui se passe. Arielle se tourne vers Emmanuel.

– On peut entrer ?

Il fait signe que oui.

– Je vais aller prévenir Saddington, dit-il en les devançant.

Elizabeth attend qu'Emmanuel se soit suffisamment éloigné avant de s'adresser à Arielle. Elle ne veut pas qu'il entende ce qu'elle a à lui dire.

– J'ai été stupide de penser qu'il pourrait s'intéresser à moi, déclare-t-elle. C'est toi qui occupes toutes ses pensées.

– Ne dis pas ça, Eli…

– C'est la vérité. Je l'ai constaté aujourd'hui. Il s'est beaucoup inquiété pour toi, tu sais. Et ça m'a rendue jalouse. Pardonne-moi.

Il s'est inquiété pour moi ou pour le médaillon demi-lune ? se demande Arielle. Elle en veut soudain à Noah d'avoir réussi à semer le doute dans son esprit au sujet d'Emmanuel.

– Non, c'est moi qui devrais m'excuser, répond-elle. J'ai douté de toi et je n'aurais pas dû.

– Venez ! lance Emmanuel du haut du perron. Saddington va nous préparer des sandwichs et du chocolat chaud.

– On arrive ! crie Arielle.

– Qu'est-ce que tu as voulu dire tout à l'heure ? l'interroge Elizabeth alors qu'elles marchent vers la maison. J'ai rêvé ou tu as parlé d'« elfes » ?

21

Ils se réunissent tous les quatre autour
de la table de la salle à manger:
Emmanuel, Elizabeth, Saddington et Arielle...

Arielle est la première à prendre la parole. Elle explique tout à Elizabeth: elle lui parle des alters, d'Elleira, de Brutal, de Nomis, mais aussi des médaillons demi-lunes, de la prophétie, des deux élus, de Falko et de ses elfes noirs. Elle évoque cette guerre sans merci que se livrent depuis des siècles les deux clans de démons. Elle lui relate en détail les événements qui se sont déroulés au manoir Bombyx ainsi que ceux de la nuit dernière. Elle aborde tous les sujets sans retenue, tous sauf ceux qui concernent Noah Davidoff.

– Les elfes existent vraiment? Et les orcs? Je m'excuse, mais j'ai toujours préféré les orcs!

– Ils existent aussi, dit Emmanuel.

Elizabeth sourit, fascinée par cette idée.

– Cool!

– Comme tu dis, répond Arielle.

– Si j'ai bien compris, l'autre élu et toi devez attendre que les alters éliminent les elfes noirs avant d'unir vos médaillons, c'est bien ça ?

Arielle acquiesce en silence. Elizabeth poursuit :

– Lorsque les demi-lunes formeront de nouveau une lune complète, les alters seront à leur tour détruits. Vous descendrez alors au royaume des morts pour combattre Loki et Hel, les dieux du mal, et délivrer les âmes des damnés. C'est absolument génial !

– Heureuse que ça te fasse autant plaisir, rétorque Arielle avec ironie.

– Tu connais l'identité des six protecteurs qui doivent vous accompagner ?

– Pas encore.

– Je suis certaine que ce sont de grands et beaux chevaliers ! s'exclame Elizabeth qui se laisse encore une fois emporter par son esprit romantique. Tu crois que je pourrais y aller avec vous ? Au royaume des morts, je veux dire ?

Saddington se met à rire.

– Tu n'as pas envie d'aller là-bas, ma belle. Il n'y a que les créatures damnées, comme les alters et les elfes noirs, qui peuvent visiter l'Helheim et en revenir.

– On peut revenir du monde des morts ? demande Elizabeth.

– Comme on peut revenir du monde des dieux, répond Saddington.

« *En ce monde, le corps n'est que l'ancre de l'âme* », dit une voix à l'intérieur d'Arielle. Ce n'est pas celle d'Elleira. La voix poursuit : « *Une fois l'ancre levée, l'âme peut déployer ses voiles et parcourir tous les royaumes.* »

Mais à qui appartient cette voix ? s'interroge Arielle, légèrement inquiète.

– Il faut absolument découvrir qui est E. Q., dit Emmanuel après avoir avalé une gorgée de chocolat chaud. Arielle ne pourra pas retrouver une vie normale tant qu'on ne saura pas à qui appartiennent ces initiales.

– Je sais qui c'est, intervient Elizabeth. C'est Émile.

– Émile Rivard ? s'étonne Arielle. Le copain de Rose ?

Elizabeth s'empresse de confirmer, visiblement heureuse de sa trouvaille :

– Émile a changé de nom, explique-t-elle. C'est Rose qui me l'a dit. Il y a deux mois, sa mère l'a obligé à prendre le nom de son beau-père, Georges Quenneville. Quenneville ?… Émile Quenneville ?… E. Q. ?

Saddington la félicite :

– Bravo, Elizabeth ! Ça explique pourquoi il était présent chez Arielle hier soir. Et peut-être que votre amie Rose est de mèche avec lui.

– Non, ça ne va pas, leur dit Arielle. Les elfes les ont attaqués. Ils ont failli les tuer.

– Une mise en scène, réplique Saddington. Les sylphors et les alters ont beaucoup de talent pour ce genre de choses.

Saddington a peut-être raison, mais il faudra à Arielle plus que des suppositions cette fois pour la convaincre totalement. Elle va avoir besoin de preuves, et de preuves solides. Elle a déjà commis une erreur en accusant Elizabeth à tort, elle n'a pas envie de remettre ça avec Émile et Rose. Et il lui reste une autre question importante à régler : celle de savoir si Emmanuel est oui ou non un serviteur kobold à la solde des elfes noirs.

Elle se tourne vers lui :

– Je peux te parler en privé ?

Il jette un coup d'œil à Saddington, puis revient à elle.

– Bien sûr.

Ils montent au premier étage. Emmanuel invite la jeune fille à entrer dans sa chambre, puis referme la porte derrière eux. Se retrouver seule avec lui dans cette pièce rend Arielle un peu nerveuse, mais elle n'en laisse rien paraître

– Je sais qui est l'autre élu, déclare-t-elle sans préambule. Je lui ai parlé hier soir.

Arielle hésite à continuer.

– Il croit que tu es un serviteur kobold.

– Moi, un serviteur kobold ? déclare Emmanuel en prenant un air étonné. Et tu le crois ?

Elle hausse les épaules sans répondre.

– Qui est-ce ? demande Emmanuel.

– Je ne peux pas te le dire.

– Arielle, qui est-ce ? insiste-t-il.

– Emmanuel, que caches-tu sous ces bracelets ?

Arielle a peur d'être allée trop loin, mais elle devait poser la question, pour que ce soit enfin clair dans son esprit.

– Alors, ça veut dire que tu le crois ?

– Prouve-moi que c'est faux et je n'aurai pas à le croire.

La déception d'Emmanuel est palpable. Il la fixe un moment, puis, d'un mouvement brusque, retire ses bracelets de cuir et exhibe ses poignets. Rien, aucune trace de brûlure en forme de poignard, marque des kobolds. Arielle baisse la tête, honteuse d'avoir douté de lui, mais soulagée d'avoir enfin la preuve que Noah s'est trompé.

– Contente ?

Arielle hoche la tête.

– Qui est le second élu ? lui demande-t-il en remettant ses bracelets.

Elle lui doit au moins cette réponse.

– C'est Noah, dit-elle en soupirant.

– Noah Davidoff ? Tu en es sûre ?

– Il m'a montré son médaillon.

Emmanuel secoue la tête, comme si Arielle venait de dire une bêtise.

– Ce n'est pas une preuve, Arielle. Ce n'était peut-être qu'une réplique.

Il lui explique que, dans sa courte carrière de chasseur d'alters, il a déjà vu au moins une dizaine de faux médaillons demi-lunes. Les alters les produisent en série pour leurrer les elfes noirs, pour les diriger vers de fausses pistes.

– Je pense qu'il était sincère, l'assure Arielle.

– Ses chiens et lui ont failli nous tuer l'autre soir et tu le crois *sincère* ?

– Il prétend justement que ce soir-là tu me pourchassais pour t'emparer de mon médaillon.

Emmanuel ne parvient pas à cacher son dépit.

– Et tu l'as cru ? Tu penses vraiment que je pourrais te faire du mal ?

Arielle ne trouve rien à répondre.

– Arielle, ce n'est pas à Noah que tu as parlé, mais à Razan !

La jeune fille est consciente d'avoir blessé Emmanuel autant par ses paroles que par son silence.

– Je ne sais pas pourquoi il a voulu te faire croire ça, déclare-t-il, mais il y a sûrement une raison. Il faut en parler à Saddington. C'est la seule personne qui puisse nous aider à comprendre ce que les alters sont en train de manigancer.

Il s'éloigne d'elle.

– Emmanuel, attends…

– On n'a plus le temps d'attendre, répond-il avant de sortir de la chambre.

Saddington leur ressert à tous du chocolat chaud.

– Ce qu'ils essaient de faire, c'est de provoquer les

événements, affirme-t-elle une fois qu'Emmanuel lui a exposé les faits. C'est l'hypothèse la plus probable. En usurpant son titre, Razan veut obliger le second élu à sortir de sa cachette et à dévoiler sa véritable identité. Dès qu'il se manifestera, les alters lui tomberont dessus et s'empareront de son médaillon. (Saddington se tourne vers Arielle.) L'unique raison pour laquelle Nomis t'a laissée seule avec Razan, c'est pour qu'il gagne ta confiance. C'est ainsi qu'ils procèdent depuis toujours. Ils usent de mensonges et de mascarades pour parvenir à leurs fins. Ce sont des démons, jeune fille. Ils sont rusés. Parfois, ils n'ont besoin que d'un seul contact pour ensorceler leurs victimes.

Arielle se souvient de la discussion qui a précédé le baiser de Noah :

– *C'est peut-être toi qui es amoureux de moi après tout* !

– *Oui, je le suis, avait-il répondu. Mais ce n'est pas pour cette raison que je te dis de te méfier d'Emmanuel.*

– *Tu es... amoureux de moi ?*

– *C'est si difficile à croire ?*

– Et si on se trompait ? leur dit Arielle. Si Noah était vraiment l'autre élu ? Il était au courant de bien des choses. Il m'a parlé de la prophétie, de la fraternité de Mjölnir, des chevaliers fulgurs et aussi d'Ulf Thorvald, le chasseur de démons qui s'est enfui avec les médaillons.

– Beaucoup de gens sont au courant de cette histoire, rétorque Saddington. Et spécialement les alters, Nomis et Razan en tête de liste.

– Quand reverras-tu Noah ? demande Elizabeth.

Arielle hésite un instant avant de répondre. Elle est loin d'être certaine d'avoir fait la bonne chose en leur racontant toute l'histoire.

– Ce soir, fait-elle.

Emmanuel paraît surpris.

– À quel endroit dois-tu le rencontrer ?

– Je ne sais pas si je devrais…

– Arielle, insiste-t-il, c'est notre sécurité à tous qui est en jeu.

Saddington pose une de ses vieilles mains sur celle d'Arielle tout en lui rappelant que les alters ont déjà son médaillon. Si leur théorie se révèle exacte et qu'ils parviennent à récupérer celui du second élu grâce à leurs machinations, ils deviendront invincibles. La réunion des deux demi-lunes est la seule chose qui pourrait les faire disparaître à jamais de la surface de la Terre.

– Si nous ne réussissons pas à les chasser de notre monde, poursuit Saddington, ils commenceront par exterminer les sylphors, puis feront de notre monde un véritable enfer.

Arielle réfléchit un moment et en vient à la conclusion qu'elle doit leur faire confiance.

– Noah m'a réservé une chambre au motel Apollon, révèle-t-elle. C'est là qu'il viendra me rejoindre ce soir.

– Toi, tu restes ici, dit Emmanuel. C'est moi qui irai.

Arielle secoue la tête :

– Pas question. Brutal est toujours là-bas et je n'ai pas l'intention de l'abandonner.

– Tu n'es pas de taille à te battre contre Razan.

– Il n'a pas l'air aussi terrible que tu le dis.

– C'est un démon, renchérit Emmanuel. Et d'après ce que je peux voir, il a réussi à t'envoûter.

Arielle ne dispose d'aucun argument pour le contredire, bien au contraire : *Parfois, ils n'ont besoin que d'un seul contact pour ensorceler leurs victimes.* C'est bien ce qu'a fait Noah : il l'a touchée, il l'a embrassée. Arielle juge préférable de taire cette information pour l'instant. Elle met donc un terme à la conversation :

– Il est temps que je parte maintenant, leur lance-t-elle en quittant la table.

Emmanuel propose de l'accompagner avec la voiture de Saddington.

– Non, ça ira. Tu viendras me retrouver plus tard au motel. Un peu après le coucher du soleil, d'accord ? J'aimerais avoir une petite conversation avec Noah avant que tu arrives.

– Et s'il s'en prend à toi ?

– Brutal sera là.

– Il est possible que ce soit un piège, l'avertit Saddington. Noah s'amènera peut-être avec d'autres alters. Brutal et toi ne pourrez pas les combattre tous.

Arielle ne peut s'empêcher de sourire. Elle apprécie qu'ils se soucient de sa sécurité mais, en même temps, elle a le sentiment qu'elle doit affronter Noah, et qu'elle doit le faire seule. Elle entretient secrètement l'espoir que Noah et Emmanuel commettent une erreur en s'accusant mutuellement. Ne serait-ce pas extraordinaire si cette rencontre avec Noah lui permettait d'établir qu'ils sont en fait tous les deux du bon côté ?

– Ne vous inquiétez pas. Quelque chose me dit que tout va bien se passer. (Elle s'adresse ensuite à Emmanuel.) Je t'attends ce soir.

– Je serai là.

Elle lui demande ensuite de lui appeler un taxi.

– Je pars aussi, annonce Elizabeth.

Les deux filles saluent Saddington et la remercient pour le chocolat chaud ainsi que pour ses précieux conseils.

– Le ciel se couvre, dit Arielle à Elizabeth lorsqu'elles sortent de la maison.

– C'est vrai ce que tu as dit tout à l'heure ? lui demande son amie en descendant les marches du perron. Tu crois vraiment que tout va bien se passer ce soir ?

Arielle réfléchit un moment, puis répond :

– Pas du tout, non.

22

Après avoir déposé Elizabeth chez son père, Arielle demande au chauffeur de la conduire au motel Apollon…

Pendant le trajet, elle utilise le téléphone portable de Noah pour laisser un message chez son oncle : « C'est moi. Ne t'inquiète pas, je vais bien. De retour bientôt. » Elle tente ensuite de joindre Rose sur son portable. Pas de réponse. Elle essaie chez elle. Là encore, elle a droit à la boîte vocale. Elle compose le numéro du portable d'Émile. Rien. Chez lui, on lui dit qu'il est sorti. « Vous savez où ? » Réponse : « J'ai l'air d'un agenda ? Aucune idée ! » Clic.

En arrivant au motel, Arielle aperçoit Geri et Freki qui font les cent pas devant la réception. Les dobermans s'immobilisent lorsqu'ils la voient descendre du taxi. Elle n'aime pas la façon dont ils la regardent. Elle se dirige tout de même vers eux – avec précaution néanmoins, pour ne pas les brusquer. Si Noah a menti sur ses véritables intentions, comme l'affirment

Emmanuel et Saddington, alors cela signifie que les deux animalters sont ici pour la surveiller et non pas pour la protéger. Dieu sait ce qu'ils peuvent lui faire si elle ne se conduit pas de manière appropriée ; Noah leur a sans doute laissé des directives au cas où elle se montrerait récalcitrante.

Geri et Freki ne bougent pas tant qu'Arielle n'est pas parvenue à leur hauteur et la suivent pas à pas dès qu'elle prend la direction de sa chambre. Une fois arrivés à la porte, ils se postent de chaque côté de celle-ci, comme deux chiens de garde. Arielle entre dans la chambre et constate que Brutal est couché sur le lit. Il s'étire, saute du lit et vient à sa rencontre. Après s'être frotté contre sa jambe, il retourne sur le lit, en position assise, et l'observe en silence, comme s'il attendait qu'elle lui adresse la parole.

– Tu veux que je te raconte ma journée ? lui dit-elle en se laissant tomber dans un fauteuil.

Brutal lui répond par un miaulement familier.

– Tu permets que je fasse une petite sieste avant ?

Il se détourne avec nonchalance et va s'étendre sur un oreiller.

Arielle se force à abandonner le fauteuil pour le lit. Elle ferme les yeux dès que sa tête se pose sur l'oreiller. Les visages de Simon Vanesse, de Noah Davidoff et d'Emmanuel Lebigno se superposent tour à tour dans son esprit. Il y a deux jours, elle croyait être amoureuse de Simon. Ce n'est plus le cas, depuis qu'elle connaît sa véritable nature. Emmanuel est entré dans sa vie au moment même où son amour pour Simon s'estompait. A-t-elle jeté son dévolu sur lui pour chasser définitivement Simon de ses pensées ? Non, ce qu'elle ressent pour lui est beaucoup trop fort pour n'être qu'un simple attachement passager. Mais est-ce vraiment de l'amour ? Arielle l'a cru à un moment donné, mais c'était avant de parler avec Noah. C'est lui qui est venu tout gâcher. C'est sa faute si elle ne sait plus à qui accorder sa confiance, si elle ne sait plus qui sont ses amis et qui sont ses ennemis. Elle lui en veut pour ça. Et aussi pour avoir prétendu être amoureux d'elle. Est-ce la vérité ou est-ce une manœuvre pour l'attirer dans un piège comme l'a prétendu Saddington ? Et pourquoi est-elle si troublée par cet aveu ?

Cette pensée l'accompagne jusque dans le sommeil, malgré tous ses efforts pour la chasser.

Arielle est réveillée quelques heures plus tard par la sonnerie du téléphone portable. C'est sûrement Noah qui essaie de la joindre, ou peut-être Rose. Tout à l'heure, dans le taxi, elle a laissé son numéro dans la boîte vocale de son amie afin que celle-ci puisse la rappeler.

– Arielle ? C'est toi ?

Elle ne s'est pas trompée : c'est la voix de Rose. La voix « paniquée » de Rose, en fait.

– Émile a disparu ! s'écrie Rose à l'autre bout du fil. Je ne l'ai pas vu de la journée ! Personne ne sait où il est ! Tu crois que ce sont les elfes qui sont revenus pour le chercher ? Ils vont aussi s'en prendre à moi, Arielle ?

– Calme-toi, Rose. Les elfes noirs ne peuvent pas sortir le jour, lui dit Arielle tout en se gardant bien d'ajouter que ce n'est pas le cas de leurs serviteurs kobolds.

– Le jour s'achève ! Ils vont revenir, j'en suis sûre !

Arielle étire le cou vers la fenêtre. Rose a raison : le soleil commence à se coucher à l'ouest. Une fois la ville endormie, les alters s'éveilleront et les elfes sortiront de leur tanière, sans doute avec l'intention de s'affronter, comme ils le font depuis plusieurs nuits. La fin du jour signifie également que Brutal et les deux chiens animalters pourront reprendre leur forme humaine. Il n'y a qu'Arielle qui conservera son apparence originale, ce qui a tout pour la déprimer. Tout en continuant d'écouter Rose, elle jette un coup d'œil au miroir qui est fixé au mur ; elle est blanche à faire peur et a l'impression d'avoir pris dix kilos juste aujourd'hui. Sans parler de ses taches de rousseur : elles ont pris une teinte brunâtre qui la dégoûte. Elle aimerait retrouver le corps gracieux d'Elleira, rien que pour quelques instants. *Et puis non !* se ravise-t-elle. *Pour beaucoup plus longtemps que ça, en fait !* Elle aimerait y demeurer pour toujours ! Elle aimerait qu'il soit à elle, qu'il lui appartienne ! Elle aimerait être belle éternellement !

La voix de Rose la tire de ses rêveries :

– Tu es toujours là, Arielle ?

– Bien sûr que je suis toujours là, répond-elle tout en essayant de remettre de l'ordre dans ses idées. Écoute, tu n'as pas à t'inquiéter au sujet des elfes. C'est pour moi qu'ils étaient là hier soir. Cette histoire n'a rien à voir avec toi.

Rien à voir avec toi mais peut-être avec Émile, se dit-elle. Si les initiales E. Q. sont bien les siennes, alors ça signifie qu'il est un serviteur kobold à la solde des elfes noirs et qu'il se trouve auprès de ses maîtres en ce moment. Comment réagira Rose lorsqu'elle apprendra que son petit ami est un apprenti sylphor ? *Ça risque de lui briser le cœur,* songe Arielle. *Mais connaissant Rose, on ne sait jamais : elle pourrait trouver cela romantique.*

– Je dois te laisser maintenant, lui lance Arielle. Je te téléphone plus tard. Avertis-moi si tu as des nouvelles d'Émile.

Rose lui assure qu'elle n'y manquera pas. Arielle coupe la communication et se lève. Elle remarque une grosse bosse sous les couvertures. C'est là que Brutal se cache lorsqu'il est sur le point de se transformer. *Ce qui prouve bien que la pudeur existe même chez les chats !* en conclut Arielle.

– Tu veux que je te passe tes vêtements ?

Un miaulement étouffé se fait aussitôt entendre. La jeune fille l'interprète comme un « oui ». Elle soulève la couette et les draps, et lui tend son costume.

Une petite patte agrippe les vêtements et les tire sous les couvertures. Arielle a droit à un second miaulement, de gratitude cette fois-ci.

C'est à ce moment qu'elle entend un bruit en provenance de la salle de bain. La porte de la pièce est fermée. Elle est pourtant certaine qu'elle ne l'était pas quand elle s'est couchée tout à l'heure.

Encore un bruit.

Il y a quelqu'un à l'intérieur. Tous ses sens lui ordonnent de quitter la chambre au plus vite. Le mot « danger » clignote dans son esprit comme une enseigne au néon.

Arielle recule lentement vers la porte d'entrée tout en murmurant :

– Brutal, viens…

Elle se demande si les dobermans sont toujours là. Le bruit était suffisamment fort pour les alerter. Pourquoi n'aboient-ils pas alors ? Ne sont-ils pas censés la protéger ? Oui, à condition que Noah, leur maître, soit réellement le second élu et qu'il leur ait demandé d'agir comme tel. Mais si Noah est toujours au service des alters, alors les chiens seront probablement les derniers à lui porter secours.

Arielle n'a pas encore atteint la porte d'entrée que celle de la salle de bain commence déjà à s'ouvrir.

Elle se fige, incapable de faire un pas de plus. Elle est prise au piège. Ses yeux ne cessent de fixer la porte. Celle-ci continue de s'ouvrir tout doucement. La gorge d'Arielle se noue et son cœur s'emballe.

Elle ne doit pas se laisser paralyser par la peur, sinon elle est morte.

Elle aperçoit une ombre dans l'entrebâillement. Elle avait raison : il y a bien quelqu'un à l'intérieur de la salle de bain. Un homme, si elle se fie à la taille de l'ombre.

– Sortez de là ! ordonne Arielle. Montrez-vous !

L'homme n'a plus besoin de se montrer aussi prudent maintenant qu'il est repéré. Il pousse la porte et, d'un pas insouciant, vient la rejoindre dans la chambre. Il est plus grand qu'Arielle. Une cagoule cache son visage. Seuls ses yeux et sa bouche sont visibles. Il porte un jean et un chandail de laine rouge qu'elle a l'impression de reconnaître. Une main est cachée derrière son dos.

– Qui êtes-vous ?

Arielle a de la difficulté à parler, tellement sa bouche est sèche.

– Qui je suis ? fait l'homme en ricanant. Quelqu'un à qui tu as causé beaucoup de soucis.

La voix lui est familière, mais elle est trop troublée pour être en mesure d'y associer un nom.

– J'avais pas prévu que tu t'éveillerais si tôt, dit-il. Quelques minutes de plus et tu n'aurais rien senti.

Rien senti ? Qu'est-ce qu'il veut dire ?

La main qui se trouve derrière son dos exhibe tout à coup une épée fantôme. La lame se met aussitôt à briller dans la pénombre. Cette pénombre signifie que c'est la fin du jour, mais aussi qu'Emmanuel sera bientôt ici. *Je dois gagner du temps*, pense Arielle.

– Je ne voulais pas te faire souffrir, lui lance l'homme. J'aurais bien aimé que tu aies une mort paisible. Mais il a fallu que ton téléphone portable se mette à sonner.

Ses petits yeux gris s'illuminent à travers les deux trous de la cagoule. Il abaisse le bras et, pendant une seconde, la lame de l'épée fantôme éclaire ses chaussures. Ce sont des Nike blanches. Avec le nom de Rose imprimé en mosaïque dessus.

– Émile..., murmure Arielle.

Le garçon ne réagit pas.

– Émile, tu es mon ami...

– Tais-toi !

– On peut parler de tout ça calmement si tu veux...

– TAIS-TOI, J'AI DIT ! hurle-t-il en se précipitant sur elle.

Arielle a à peine le temps de lever les bras pour se protéger qu'Émile est déjà sur elle. Il réussit à forcer le barrage de ses avant-bras et l'agrippe par le cou.

– Émile, ne fais pas ça !

Sans effort, il la soulève de terre, puis l'attire à lui.

– J'espère que tu as profité du coucher de soleil parce que c'était ton dernier !

Sa prise se resserre sur sa gorge. Arielle est incapable de répondre quoi que ce soit. Émile approche l'épée fantôme de sa poitrine. Il va lui enfoncer la lame dans le cœur, elle en est certaine. C'est ce qu'il s'apprête à faire lorsqu'on cogne soudain à la porte.

– Arielle ? demande une voix à l'extérieur. Arielle, tu es là ?

La jeune fille jette un coup d'œil à la porte : elle est verrouillée de l'intérieur.

– Arielle ! insiste la voix. Réponds-moi, Arielle !

D'un mouvement brusque, Émile la projette sur le lit. L'air entre de nouveau dans ses poumons. Elle en est soulagée mais ce court répit ne signifie pas qu'elle est tirée d'affaire. Émile bondit à son tour sur le lit, trop rapidement pour qu'elle ait le temps de lui échapper. Il emprisonne son bassin entre ses jambes et immobilise ses poignets sous ses genoux. Avec un regard fou, il brandit l'épée fantôme au-dessus de sa tête. Arielle est pétrifiée de terreur. La mort la regarde en face, avec la convoitise d'un prédateur pour sa proie. Émile est sur le point de lui prendre ce qu'elle a de plus précieux : sa vie. Et elle ne peut plus rien faire pour l'en empêcher.

– On se reverra dans le prochain royaume ! lance Émile avant d'abattre sa lame lumineuse sur elle.

Arielle ferme les yeux tout en inspirant une dernière fois.

Mais le coup fatidique ne vient pas.

Après une seconde, elle se décide à ouvrir un œil, puis l'autre, et aperçoit Brutal au-dessus d'elle qui lutte avec Émile. Il a repris sa forme humaine. Une de ses mains velues retient le bras d'Émile. Elle a réussi à stopper l'épée avant qu'elle n'atteigne le cœur d'Arielle.

BANG ! BANG ! BANG !

– Je vais enfoncer la porte, Arielle ! s'écrie la voix à l'extérieur.

Arielle est toujours prisonnière sous Émile. Brutal tente de le tirer hors du lit pour dégager sa maîtresse, mais n'y parvient pas. La lame de l'épée fantôme se promène en tous sens. Brutal s'accroche férocement à la garde de l'épée, sachant que si Émile arrive à reprendre le contrôle de l'arme, il les tuera tous les deux. Arielle doit lui donner un coup de main. La pression qu'exercent les genoux d'Émile sur ses poignets se fait de moins en moins forte. Après quelques tentatives, elle arrive à les dégager. Sitôt fait, elle raidit les doigts, sort ses ongles et les projette sans pitié vers le visage d'Émile. Pareils à des serres de rapace, ils traversent la laine de la cagoule et vont se ficher dans sa chair, ce qui lui arrache un cri de douleur. C'est suffisant pour que Brutal réussisse à lui retirer l'épée des mains. Il la jette dans un coin de la chambre, puis agrippe Émile et l'envoie rouler violemment sur le plancher. Émile tente de se relever pour contre-attaquer, mais Brutal le repousse aussitôt vers le fond de la pièce.

Arielle baisse les yeux et remarque que la cagoule est demeurée entre ses mains. Elle a du sang sur les doigts et sous les ongles. Son intervention a certainement laissé des marques sur le visage d'Émile. Elle relève les yeux pour constater les dégâts, mais l'obscurité grandissante l'empêche de discerner clairement ses traits.

Brutal a ramassé l'épée fantôme et s'en sert maintenant pour tenir Émile en respect.

– Tout doux…, lui dit-il en agitant la pointe de l'arme devant lui. Allume la lumière, maîtresse.

Arielle obéit sur-le-champ et appuie sur l'interrupteur. Une vive lumière se répand alors dans toute la pièce. Il faut un certain temps à Arielle pour s'habituer à ce nouvel éclairage. C'est seulement au bout de quelques secondes qu'elle réussit enfin à distinguer le visage ensanglanté de son agresseur.

Malgré tous ses efforts pour se convaincre du contraire, elle doit rapidement se rendre à l'évidence : ce visage n'est pas celui d'Émile.

23

La stupeur provoquée par cette découverte inattendue est vite remplacée par le désarroi le plus complet, puis par une profonde tristesse…

Arielle se sent trahie, blessée. La douleur physique qu'elle a ressentie pendant l'agression n'est rien en comparaison de la souffrance morale que lui impose cette vision. Elle doit se le répéter encore et encore, tant elle a peine à y croire : le visage écorché qui l'observe depuis le fond de la pièce est celui… d'Emmanuel.

Il la fixe sans dire un mot, avec le sourire, comme s'il savourait chaque instant de sa détresse.

– La marque des kobolds que tu cherchais sous mes bracelets, lui dit-il après un moment, eh bien, elle est sur ma nuque, juste à la base du cou. Pourquoi tu crois que je porte les cheveux aussi longs ?

Arielle est incapable de lui adresser la parole. Elle a l'impression de rêver. Cette situation lui paraît totalement surréaliste. L'Emmanuel qui se trouve devant elle n'est pas celui qu'elle connaît. On dirait qu'il est habité par une autre présence. Des larmes se mettent soudain à couler sur ses joues et elle s'en veut de ne pouvoir les retenir.

Les charnières de la porte d'entrée finissent par céder et Noah fait irruption dans la chambre, son épée fantôme à la main.

– Arielle, ça va ? lui demande-t-il aussitôt.

La jeune fille fait signe que oui tout en essuyant ses larmes.

– Tu en es certaine ? (Il jette un coup rapide d'œil derrière lui, vers l'extérieur.) Quelqu'un a drogué les chiens et…

Noah s'interrompt dès qu'il aperçoit Emmanuel.

– C'est toi, hein ? C'est toi qui as drogué Geri et Freki !

Emmanuel n'ose pas bouger. La pointe menaçante de l'épée fantôme tenue par Brutal se balade à seulement quelques centimètres de sa gorge.

– Alors, tu es vraiment un serviteur kobold ? lui lance Arielle, incapable d'y croire vraiment.

– Plus pour longtemps, répond-il. J'ai reçu une promotion. C'est Falko lui-même qui m'a accordé l'Élévation elfique. Il a décidé de faire de moi son héritier. Regarde, mes oreilles commencent à pousser. La transformation est déjà bien avancée.

– Eh bien, on va l'arrêter ! rétorque Noah.

Épée devant, il s'élance vers Emmanuel. Arielle quitte précipitamment le lit et s'interpose entre eux. Noah ne comprend pas sa réaction.

– Tu ne peux pas le tuer maintenant, lui dit-elle.

– Pourquoi pas ?

– Je veux savoir ce qu'il a fait d'Émile. Regarde, il porte ses vêtements et ses chaussures.

Emmanuel se met à rire.

– Et si je vous disais qu'il me les a prêtés !

Arielle se tourne vers lui.

– Tu mens, réplique-t-elle avec tout le calme dont elle est capable. Émile ne se sépare jamais de ses Nike. C'est un cadeau de Rose. Comment as-tu fait pour les lui prendre ?

Elle s'avance lentement. Emmanuel voudrait s'approcher d'elle lui aussi, mais la lame de Brutal l'en empêche.

– Disons que je ne lui ai pas laissé le choix, fait-il.

– Tu l'as battu ?

Il secoue la tête.

– Je l'ai tué.

Arielle encaisse le coup sans broncher. Elle ne veut pas lui montrer que ses paroles ont un quelconque effet sur elle. La seule chose qu'elle accepte de laisser transparaître, c'est son dégoût pour lui.

– C'est toi, E. Q. ?

Le garçon acquiesce.

– Ton nom n'est pas Emmanuel Lebigno ?

– Lebigno est une anagramme de « gobelin », déclare soudain une voix derrière eux. C'est un autre mot pour « kobold ».

Arielle se retourne et aperçoit son oncle Yvan dans l'embrasure de la porte. C'est lui qui a parlé. Elle est incapable de cacher sa surprise. Qu'est-ce qu'il peut bien faire ici ? Et qui lui a dit qu'elle se trouvait au motel ?

– E. Q. signifie Emmanuel Queen, ajoute-t-il.

Le regard de son oncle n'a jamais été aussi lucide. Il n'a pas pris une seule goutte d'alcool ce soir, Arielle peut le voir juste à la façon dont il se tient.

– Emmanuel est ton frère.

Arielle est certaine d'avoir mal entendu.

– Emmanuel… mon frère ?

– Tu as été séparée de ta famille à la naissance, dit son oncle. Pour ta propre protection.

Arielle sent ses genoux faiblir.

– Séparée de ma famille ? murmure-t-elle, visiblement ébranlée. Alors, mes parents ne sont pas morts dans un incendie ?

Son oncle fait non de la tête. Elle s'empresse de demander :

– Est-ce qu'ils sont toujours vivants ?

– Je t'expliquerai tout plus tard. Pour l'instant, il faut quitter cet endroit. Les sylphors ne vont pas tarder à se montrer. Ils savent que Noah est ici et qu'il est le second élu. Ils viennent pour récupérer son médaillon.

– Comment peuvent-ils savoir que je suis le second élu ? demande Noah.

– Emmanuel leur a transmis l'information.

– Quoi ? Il est au courant ?

Arielle se tourne vers lui.

– C'est moi qui le lui ai dit, avoue-t-elle en prenant un air penaud. Je croyais pouvoir lui faire confiance. Je me suis trompée. Je suis désolée…

Noah reste sans voix.

– Elle t'a trahi ! fait Emmanuel en ricanant. Par amour pour moi !

– Par amour pour toi ? répète Noah sur un ton indigné.

– Tu aurais dû voir comment elle m'a embrassé !

Arielle baisse la tête, gênée par cette révélation.

– C'est ta sœur ! Comment as-tu pu lui faire ça ?

– Elle n'est pas ma sœur ! Elle est l'ennemie !

Noah s'approche de lui.

– Non, c'est toi, l'ennemi.

– Qu'est-ce que tu vas faire ? Me tuer ?

– Si c'est la seule façon de protéger mes amis, oui.

– Protéger tes amis ? Tu n'es même pas capable de protéger tes chiens !

Le regard de Noah se durcit.

– Si j'étais toi, poursuit Emmanuel, je n'attendrais pas trop avant de les conduire chez un vétérinaire. Je pense qu'ils n'ont pas très bien digéré leur souper.

Arielle n'est assez rapide pour arrêter Noah. Il agrippe solidement Emmanuel et lui assène un coup en plein visage avec le pommeau de son épée fantôme. Emmanuel s'écroule à ses pieds.

– Bravo ! grogne Brutal. Et qui va être obligé de le transporter maintenant ? L'animalter de service, je suppose ? Oubliez ça !

– On le laisse ici, dit l'oncle d'Arielle. Juste à voir son teint, je peux vous dire qu'il va bientôt devenir un elfe noir. Ce serait trop risqué de l'emmener avec nous.

Noah fixe toujours le corps inerte d'Emmanuel.

– Il faut partir, lui lance Arielle.

Son oncle est d'accord. Il les informe que sa voiture est garée devant la chambre.

– Suivez-moi !

– Un homme d'action, ton oncle ! s'exclame Brutal en s'élançant à sa suite.

Noah se retrouve seul avec Arielle.

– Les chiens…, fait-il en levant les yeux vers elle.

– Je vais t'aider à les transporter. Viens.

– Attends.

Il fouille dans la poche de son manteau et lui tend quelque chose. Arielle examine l'objet et réalise qu'il s'agit de son médaillon demi-lune.

– Je l'ai déposé dans le coffre-fort du manoir hier quand je suis rentré, explique Noah, pour que Nomis puisse constater par lui-même qu'il était bien là ce matin. J'ai attendu quelques heures et je l'ai récupéré. Je savais que tu en aurais besoin ce soir. Que *nous* en aurions besoin. Tiens, prends-le.

– Merci, lui dit Arielle. Ce médaillon représente tellement de choses pour moi.

– Je sais.

C'est à ce moment que son oncle réapparaît dans la chambre :

– Dépêchez-vous ! Ils arrivent !

24

Ils entendent des cris stridents au-dessus d'eux dès qu'ils mettent le nez dehors…

– Les sylphors ! s'écrie Brutal en levant la tête.

Noah s'arrête et scrute le ciel à son tour.

– Ils viennent par les airs.

Yvan et Brutal donnent un coup de main à Arielle et à Noah pour transporter les chiens jusqu'à la voiture. Ils les installent sur la banquette arrière et les recouvrent d'une couverture.

– Ils vont s'en sortir ? s'inquiète Arielle.

– Je pense que oui, répond Noah.

Les cris se font de plus en plus puissants. *Les elfes sont tout près*, se dit Arielle. Elle a l'impression qu'ils décrivent des cercles au-dessus de leurs têtes, comme les vautours avant de fondre sur leurs proies. Ils vont s'abattre sur eux d'un instant à l'autre.

Son oncle ouvre les portières de la voiture.

– Montez ! Vite !

Brutal s'installe à l'avant, entre Arielle et son oncle. Noah court récupérer un objet qu'il avait laissé à l'extérieur de la chambre, puis revient en toute hâte vers la voiture. Il prend place aux côtés des deux dobermans sur la banquette arrière. L'objet qu'il a ramené ressemble à un gros sac en toile.

La voiture démarre en trombe. Elle traverse le parking du motel à toute allure et rejoint rapidement la route principale.

– Tu sais comment te servir de ça ? demande Noah à Brutal en désignant l'épée fantôme qu'il a prise à Emmanuel.

– Manue le kobold ne semblait pas en douter tout à l'heure, réplique Brutal.

La douleur est toujours aussi vive dans l'esprit d'Arielle. Elle revoit Emmanuel dans la chambre du motel. Son regard n'était plus le même. Il y avait un éclat diabolique dans ses yeux, une lueur perverse qui avait son origine dans les sources mêmes du mal. Le monstre qui se trouvait devant elle à ce moment n'avait plus rien d'humain. Il n'y avait plus aucune trace chez lui du garçon qu'elle avait connu. Son oncle a prétendu qu'il était son frère. Elle ne peut pas y croire. Quel frère trahirait ainsi sa propre sœur ? Yvan a dit aussi que ses parents n'étaient pas morts dans un incendie comme elle le croyait. Est-ce réellement possible ? Existe-t-il une chance pour qu'elle les retrouve un jour ?

Arielle se tourne vers son oncle.

– Est-ce que mes parents sont toujours vivants ?

Yvan ne quitte pas la route des yeux.

– C'est compliqué, Arielle, lui dit-il. Je ne suis pas certain que ce soit le bon moment pour en parler.

– Il faut que je sache ! Tu as dit qu'Emmanuel était mon frère. Pourquoi s'en est-il pris à moi alors ? Et pourquoi a-t-on été obligé de me séparer de ma famille pour me protéger ?

Son oncle hésite quelques instants avant de répondre :

– La prédisposition à recevoir un alter se transmet par le sang, de grand-mère à petite-fille et de grand-père à petit-fils.

– Je sais, Saddington me l'a déjà expliqué.

– Saddington a sûrement omis de te mentionner que ta grand-mère a longtemps porté le médaillon demi-lune. Sa marque de naissance était blanche, comme la tienne.

Arielle réfléchit un instant.

– Tu veux dire que ma grand-mère était une élue elle aussi ?

Son oncle lui révèle que chaque génération d'alters depuis le XIIe siècle produit un couple d'élus. Sa grand-mère, Abigaël Queen, et le grand-père de Noah, Mikaël Davidoff, étaient les deux élus de leur époque. Le chevalier fulgur qui a remis les médaillons demi-lunes à Noah était un ami de son grand-père. Il était chargé de remettre les médaillons aux nouveaux élus afin que ceux-ci puissent continuer le combat mené par leurs grands-parents, mais aussi par tous les Queen et Davidoff qui les ont précédés.

Noah prend la parole :

– Les gens de nos deux lignées sont désignés comme élus à chaque génération ?

– Et ça sera comme ça tant que la prophétie ne se sera pas réalisée et que le royaume des morts ne sera pas libéré, répond l'oncle d'Arielle.

La voiture continue de foncer à toute vitesse dans la nuit. Tous savent maintenant que les elfes ne tarderont pas à les rattraper. Cela ne signifie pas pour autant qu'Arielle en a terminé avec son oncle :

– Comment peux-tu savoir tout ça ?

Il y a un court silence.

– C'est ta mère, Gabrielle, qui m'a tout raconté, répond Yvan. Elle le tenait elle-même de ta grand-mère. Les sylphors avaient découvert que ta mère était la fille d'Abigaël. Sachant qu'elle donnerait naissance à l'élu de la prochaine génération, ils ont ordonné à l'un des leurs, un serviteur kobold, de la séduire afin de se rapprocher d'elle.

Comme Emmanuel l'a fait avec moi, se dit Arielle.

– Ta mère est donc tombée amoureuse de lui. Leur premier enfant a été un garçon. Ils lui ont donné le nom d'Emmanuel. Tu es venue ensuite.

– Mon père est un kobold ?

– C'est un elfe noir maintenant. Et disons que, techniquement, c'est ton beau-père. Ta naissance était déjà programmée. Tu serais venue au monde de toute façon, avec ou sans sa contribution.

– Quel est son nom ?

– Il s'appelait Erik Saddington.

– Saddington ?

– La Saddington que tu connais est la mère d'Erik. C'est une puissante magicienne qui fait partie de la caste des Sordes, un regroupement de nécromanciens qui s'est associé aux elfes pour vaincre les alters et conquérir le monde.

– Des magiciens qui s'associent aux elfes pour conquérir le monde ? répète Brutal, étonné. Eh ben ! On n'est pas sortis du bois, les amis !

– Qu'est-il arrivé après ma naissance ? demande Arielle.

– Ton père avait pour mission de t'enlever à ta mère, poursuit son oncle, et de te livrer aux sylphors. Les elfes savaient que le chevalier fulgur à qui ta grand-mère et le grand-père de Noah avaient remis leurs médaillons essaierait un jour de te retrouver. Ils voulaient se servir de toi comme appât pour piéger le chevalier et mettre la main sur les médaillons. Ta mère l'a découvert. Elle t'a confiée à moi et m'a demandé de te cacher.

– Pourquoi les elfes noirs ne se sont-ils pas attaqués à moi ? demande Noah.

– Depuis ta naissance, tu as été protégé par les alters. Leur objectif a toujours été le même que celui des elfes : te garder auprès d'eux jusqu'au moment où le chevalier se manifesterait.

Noah ne peut dissimuler sa surprise.

– Les alters savent que je suis le second élu ?

– Le fait que Simon Vanesse soit ton meilleur ami n'est pas le fruit du hasard, mon garçon.

Noah abat son poing sur sa cuisse.

– Je suis tellement con ! fulmine-t-il. Je croyais avoir réussi à les tromper, mais ce sont eux qui se sont servis de moi. Nomis savait très bien que je ne ferais aucun mal à Arielle quand il m'a demandé de me débarrasser d'elle hier. (Il se tourne vers la jeune fille.) Souviens-toi, à la bibliothèque, quand il s'en est pris à toi. Tout ce qu'il voulait, en fait, c'était faire croire à Emmanuel que les alters étaient eux aussi à la recherche des médaillons.

L'oncle d'Arielle confirme d'un signe de tête.

– Les alters se sont servis de vous pour piéger les elfes. Grâce à Emmanuel, Falko savait qu'Arielle possédait un des médaillons, mais il ignorait qui avait l'autre. Maintenant qu'il le sait, il fera tout pour récupérer les deux bijoux. C'est la seule façon pour lui de vaincre les alters.

Tout ça à cause de moi, songe Arielle. *Jamais Falko n'aurait su que Noah était le second élu si je ne l'avais pas dit à Emmanuel.*

– Les elfes noirs vont nous traquer jusqu'à notre mort, dit Noah.

– Votre seule chance de leur échapper est de vous réfugier chez les alters. Et ça, Nomis et son grand-père, Reivax, l'ont prévu, et même souhaité.

– C'est là que nous allons ? lance Arielle. Au manoir Bombyx ? Avec tous ces elfes à nos trousses ?

Son oncle acquiesce :

– Tous les alters de la ville sont réunis là-bas pour l'occasion.

– Nous allons leur servir les sylphors sur un plateau d'argent, en déduit Brutal.

– Et croyez-moi, les alters sont prêts à les accueillir.

Yvan ajoute que les alters souhaitent eux aussi récupérer les médaillons, pour prévenir leur propre extinction, mais ce qu'ils désirent par-dessus tout, c'est éliminer les elfes noirs appartenant aux clans du Nouveau Monde. Question de souffler un peu et de regrouper leurs troupes. Reivax prépare ce coup depuis plus de quarante ans. Lorsqu'il a construit sa fonderie, il a fait venir tous les alters du pays à Belle-de-Jour pour y travailler. C'est ainsi qu'il a repeuplé la ville. Cet endroit est un immense nid d'alters. L'attaque du manoir il y a deux nuits n'était qu'un leurre de plus. Les alters savaient depuis longtemps que les elfes se préparaient à attaquer. Ils ont opposé peu de résistance afin de faire croire à leurs ennemis qu'ils étaient en nombre insuffisant pour représenter une réelle menace. Le piège a fonctionné : croyant n'avoir rien à craindre des forces alters en présence, les sylphors ont mobilisé tous leurs guerriers à Belle-de-Jour pour l'assaut final. Il y aura bien une offensive d'envergure ce soir, conclut l'oncle d'Arielle, mais elle ne sera pas lancée par les elfes.

– Pourquoi m'avoir amenée vivre à Belle-de-Jour si tu savais que tous ces alters y habitaient ? lui demande Arielle.

– Il était impossible d'échapper aux elfes et aux nécromanciens. Ils nous retraçaient partout où nous allions. Je suis donc venu ici, à Belle-de-Jour, et j'ai conclu un pacte avec les alters. Ils m'ont promis que tant que le chevalier ne se manifesterait pas, tu serais en sécurité. Belle-de-Jour était la seule ville où les elfes noirs n'oseraient pas s'aventurer avant d'être absolument certains que les deux médaillons s'y trouvaient.

– Et ce soir, grâce à nous, tu vas livrer les elfes aux alters. Ça fait partie du pacte que tu as conclu avec eux ?

– Ça m'a permis de te sauver la vie, Arielle. Mais, après ce soir, plus rien n'est certain. Je crains de ne plus pouvoir garantir ta sécurité et celle de Noah une fois que les elfes auront été éliminés. Les alters voudront récupérer les médaillons, coûte que coûte.

– Oncle Yvan, est-ce que ma mère est toujours vivante ?

– Arielle…

Son hésitation l'agace. Elle répète donc :

– Elle est toujours vivante oui ou non ?

– Non.

– Comment est-elle morte ?

– Ce n'est pas important.

Arielle est sans pitié :

– Ça concerne ma mère ! lui dit-elle. C'est à moi de juger si c'est important ou non !

– Je ne peux pas t'en dévoiler davantage, Arielle. Les enjeux sont trop importants.

– Qu'est-ce que tu veux dire ?

– Tu comprendras bientôt.

Yvan passe nerveusement une main sur sa barbe, puis appuie sur l'accélérateur.

Arielle entend des grognements derrière elle. Ce sont les dobermans qui s'éveillent.

– Ça va, les gars ? leur demande Noah.

Geri est le premier à prendre forme humaine. Il est imité peu de temps après par Freki.

– J'ai mal à la tête, fait Geri.

– Et moi au cœur, renchérit Freki.

– Pauvres bêtes, soupire Brutal qui ne peut s'empêcher de sourire. C'est ce qui arrive quand on mange n'importe quoi. Dites-moi, les gars, comment Manue le kobold a fait pour vous droguer ? Il vous a lancé des steaks bourrés de somnifère et vous n'avez pas pu résister ?

– La ferme ! rétorque Geri. Sinon, je te saute à la gorge !

– Brrr… je pourrais remplir une litière, tellement j'ai peur !

Le regard que lui lance Arielle est on ne peut plus clair : « Encore un mot et je les laisse te bouffer ! » Brutal saisit le message et consent d'un signe de tête à garder le silence.

– Noah, tu as pensé à prendre nos vêtements ? lance Freki.

Noah fouille dans le sac en toile qu'il a ramassé à l'extérieur du motel et leur passe à chacun un costume.

Il fixe Arielle pendant un moment, puis replonge la main dans le sac.

– Je ne t'ai pas oubliée, lui dit-il en sortant une pile de vêtements noirs.

Arielle fait un inventaire rapide: il y a un chemisier, un pantalon et un manteau du genre paletot. Le pantalon et le manteau sont en cuir, tout comme les bottes.

– Tout droit sortis de la garde-robe de Neo! déclare Brutal. Vous avez vu *Matrix*? Trinity est *supersexy* dans son petit ensemble de cuir!

Arielle commence à enlever ses vêtements afin de pouvoir revêtir ceux que lui a donnés Noah.

– Il faut qu'on ferme les yeux? demande Brutal qui est assis à coté d'elle. Je propose qu'Yvan soit exempté. Il n'est pas conseillé de conduire les paupières fermées.

Il faut moins d'une minute à Arielle pour se changer.

– Vous pouvez ouvrir les yeux, les gars, leur lance-t-elle lorsqu'elle a terminé.

– Tiens, fait Noah en lui tendant un ceinturon où sont accrochés une dizaine d'injecteur acidus. Ça complète l'ensemble.

C'est à ce moment que survient le premier choc. Il est accompagné d'un puissant « BANG! ». L'oncle d'Arielle perd le contrôle de la voiture, mais parvient à la ramener sur la route au bout de quelques secondes.

– C'était quoi, ça? s'informe Brutal.

– Quelque chose nous a heurtés sur le côté, répond Yvan.

La voiture essuie un second impact. Quelque chose de lourd s'est abattu sur son toit, assez lourd pour enfoncer le plafond de l'habitacle.

– Sales bâtards de sylphors ! s'exclame Geri.

Une volée de flèches se plante dans la carrosserie.

– Ils veulent nous obliger à ralentir, ajoute Freki.

Troisième choc. Le plus violent du lot.

– Ils se jettent sur la voiture ou quoi ? demande Brutal en regardant à l'extérieur

– C'est exactement ce qu'ils font, réplique Yvan. Ils nous chargent à tour de rôle. Il y a tout un essaim de sylphors qui nous pourchasse là-haut.

Une autre pluie de flèches s'abat sur eux.

– Ils vont finir par crever nos pneus ! s'écrie Freki.

Ils dérapent sur la droite après le quatrième impact.

– Arielle, dit Noah, il est temps de passer le médaillon.

Il a raison. Elle obéit sur-le-champ :

– Ed Retla ! Ed Alter !

La transformation s'opère dès que le médaillon touche sa peau. Ses traits s'adoucissent, ses cheveux s'allongent et ses taches de rousseur s'estompent. Les vêtements de cuir s'adaptent aisément à ses nouvelles formes. En l'espace de quelques instants, son corps a retrouvé la grâce et l'élégance propres aux alters. Rapidement, Arielle est envahie par une nouvelle énergie, une énergie surnaturelle. Elle se sent plus forte, plus habile. La peur ne l'habite plus. Elle se sent comme Superman lorsqu'il cesse d'être Clark Kent. Munie de sa nouvelle identité, elle est prête à affronter tous les démons aux oreilles pointues de la Terre.

25

Un elfe noir
se pose sur le coffre
de la voiture...

Avec son poing, il brise la lunette arrière et s'introduit dans l'habitacle. Les deux dobermans se jettent sur lui et tentent de l'immobiliser, mais le sylphor se débat comme un possédé. D'un mouvement prompt et agile, Noah sort son épée fantôme et lui tranche les deux bras. L'elfe se met aussitôt à hurler et s'agite avec encore plus de vigueur. Son cri est insupportable, on dirait celui d'une bête blessée qui hurle à la mort. Noah ouvre la portière de son côté et attire le sylphor jusqu'à lui. Il l'agrippe par ses vêtements et le projette hors du véhicule. Le corps amputé de l'elfe fait plusieurs roulades sur l'asphalte et va s'écraser violemment contre un garde-fou.

– Ça commence à chauffer ! lance Brutal.

– Sans blague ! rétorque Geri en se débarrassant des deux avant-bras par la lunette arrière.

Deux autres sylphors apparaissent soudain devant eux dans le rayon des phares. Ils atterrissent sur le capot de la voiture qui s'enfonce dans un fracas métallique. L'oncle d'Arielle réussit à les éjecter grâce à une manœuvre téméraire, mais un troisième elfe surgit du néant. Il plonge vers le pare-brise et réussit à s'accrocher aux essuie-glaces. Il bouge vers la gauche, puis vers la droite jusqu'à ce que son regard malveillant rencontre celui d'Arielle. Son sourire s'étire alors en une large grimace. Il se met à rire et passe sa langue d'une façon obscène sur ses dents blanches. Sans attendre, Arielle prend l'épée des mains de Brutal et la plonge à travers le pare-brise. La lame fantôme traverse la vitre sans même la fissurer et s'enfonce directement dans la gorge du sylphor. Son horrible sourire s'évanouit d'un coup. Arielle attend que l'éclat maléfique dans ses yeux se soit éteint avant de retirer l'épée. L'elfe lâche aussitôt prise et disparaît dans la nuit en poussant une plainte stridente.

– Joli coup ! affirme Noah derrière elle.

– J'aurais pas fait mieux ! assure Brutal en poussant un soupir de soulagement.

Les elfes continuent de se jeter sur la voiture, pareils à des kamikazes.

– On arrive bientôt ? demande Geri.

Il a raison de s'inquiéter. À ce rythme-là, ils ne pourront pas tenir jusqu'au manoir Bombyx.

– Encore quelques kilomètres ! répond l'oncle d'Arielle en donnant un coup de volant vers la droite pour éviter deux autres sylphors.

La voiture ressemble à un porc-épic, tellement elle est transpercée de flèches.

– Je vais essayer de les distraire un peu ! déclare soudain Noah. On se retrouve au manoir !

Il saute sur la banquette arrière, puis s'élance hors de l'habitacle par la vitre brisée de la lunette arrière.

– J'y vais aussi ! dit Arielle.

– Non ! rétorque son oncle. On ne peut pas risquer que les deux médaillons tombent entre les mains des elfes. Tu dois rester ici !

Elle secoue la tête.

– Je ne peux pas laisser Noah combattre ces démons tout seul.

Sans laisser le temps à son oncle de répliquer, la jeune fille se faufile entre les sièges et s'esquive à son tour par la lunette arrière.

L'air est froid. Il a un effet vivifiant sur Arielle. Elle se sent libre. En danger, mais libre. Elle a un peu de difficulté à contrôler les premières manœuvres de son envolée, mais tout rentre dans l'ordre rapidement. Agissant comme les ailes d'un oiseau, son manteau de cuir se déploie et la porte jusqu'au ciel. Elle sent qu'il reste quelque chose d'Elleira en elle. Elle a l'impression d'hériter de son instinct et de son agilité.

Il lui faut peu de temps pour repérer Noah. Épée en main, elle fonce vers lui pour lui prêter main-forte. Il en a plein les bras : une douzaine de sylphors, tous armés d'arcs et d'épées fantômes, tournoient autour de lui de façon menaçante. Pour l'instant, il est en mesure de parer à leurs attaques, mais bientôt ils seront trop nombreux.

Arielle doit se frayer un chemin jusqu'à lui. D'un coup d'épée, elle découpe un premier elfe, puis en transperce un autre. Elle évite une demi-douzaine de flèches avant de réussir à rejoindre Noah.

– T'es folle ! Qu'est-ce que tu fais ici ?

– Ça se voit pas ? Je suis venue t'aider !

Un elfe noir fonce sur eux. Ils le démembrent ensemble.

– Tu t'inquiétais pour moi ?

– Ne te fais pas trop d'illusions ! rétorque Arielle en se préparant à la prochaine attaque.

Huit sylphors du côté de Noah. Sept du sien. Elle croise le fer avec chacun d'entre eux. Le nombre d'échanges s'accentue à un rythme infernal.

Entre deux esquives, Arielle remarque que la majorité des sylphors continue de suivre la voiture de son oncle sur le chemin du manoir Bombyx.

– J'ai l'impression que notre initiative ne servira pas à grand-chose, dit-elle à Noah en lui montrant l'essaim d'elfes noirs.

– Ils doivent penser que nous sommes toujours à bord, répond Noah.

Dos à dos, ils ripostent aux assauts des elfes avec énergie. Arielle est la première étonnée de son habileté au combat. Ses réflexes sont aiguisés à un point tel qu'elle a du mal à suivre ses propres mouvements.

Les sylphors qui lui font face semblent bouger avec une lenteur déconcertante.

– Attention de ne pas perdre le contrôle ! la prévient Noah. Reste concentrée. Tu ne maîtrises pas encore tous tes pouvoirs.

Arielle s'amuse beaucoup trop pour l'écouter. Elle enchaîne un à un les mouvements d'escrime : appel, attaque, coup droit, défense, feinte, parade, riposte. Les elfes ne savent plus où donner de la tête.

– Arielle ! Pas si vite !

Elle décapite deux elfes d'un seul coup d'épée, puis en réduit trois autres en pièces grâce à une salve d'injecteur acidus. Noah se défend bien, lui aussi : les morceaux de sylphors découpés par sa lame volent en tous sens autour de lui.

Il n'y a plus que deux elfes noirs du côté d'Arielle. Les démons décident de combiner leurs efforts et de l'attaquer ensemble, mais la jeune fille n'est pas inquiète : avec ses nouveaux pouvoirs d'alter, elle est certaine de parvenir rapidement à les mettre en déroute. Elle décapite le premier et se tourne vers le deuxième. Il semble plus adroit que son compagnon.

– Il est rapide, celui-là ! lance-t-elle à Noah alors que l'elfe la charge avec son épée fantôme.

– Il a brisé ton rythme ! Redescends au sol, je vais m'occuper de lui !

Arielle réussit difficilement à rester à distance. Les coups de l'elfe se font de plus en plus violents à mesure qu'il se rapproche d'elle. Elle ressent une vive douleur au poignet, qui ne tarde pas à se propager jusqu'à son bras et à son épaule.

Noah s'est débarrassé des autres sylphors. Il n'en reste plus qu'un seul maintenant : celui qui est en train de donner une leçon de modestie à Arielle. Noah se tourne et prend position à ses côtés. Il tente d'attirer l'elfe noir dans sa direction, mais le démon ne se laisse pas aussi facilement berner ; il parvient à se rapprocher encore plus d'Arielle. N'ayant plus aucune force dans le bras, elle abaisse lentement sa garde.

– NON ! s'écrie Noah.

Le sylphor écarte la lame d'Arielle et lui assène un solide coup à la figure. Elle laisse aller l'épée qui glisse de sa main et disparaît dans la nuit. L'elfe la frappe une seconde fois au visage. Elle n'arrive plus à contrôler ses mouvements et perd dangereusement de l'altitude. Son manteau se plaque soudain contre son corps, empêchant ainsi le vent de la supporter.

Arielle file tout droit vers le sol. Elle aperçoit Noah au-dessus d'elle qui se jette sur le sylphor. Il commence par lui trancher un bras, celui qui tient l'épée fantôme, puis lui enfonce un injecteur acidus dans le cœur. L'elfe se disloque aussitôt.

La dernière image qui se grave dans l'esprit d'Arielle avant de perdre conscience est celle de Noah plongeant vers elle.

Arielle ouvre les yeux et se rend compte qu'elle est étendue par terre. Noah est penché au-dessus d'elle et l'observe en silence.

– Rien de cassé ?

Tout le côté droit de son visage est endolori.

– J'ai mal à la mâchoire, dit-elle. Mais, à part ça, tout semble être OK. Tu m'as rattrapée juste à temps, pas vrai ?

– Tu as fait une chute de plusieurs mètres. Une demi-seconde de plus et tu t'écrabouillais sur le sol comme un vieux fruit.

Noah l'aide à se relever.

– Tu es mon héros, déclare-t-elle en se massant la mâchoire.

Ils se trouvent en bordure du chemin Gleason, celui qui mène au manoir Bombyx et au lac Croche. Derrière eux, il y a la forêt.

– C'est vrai ? demande Noah.

– Quoi ?

– Que je suis ton héros ?

Arielle hausse un sourcil.

– Je blaguais, Noah.

– Ça veut dire tu n'es toujours pas amoureuse de moi ?

Elle ne peut s'empêcher de sourire.

– Non, pas encore. Je devrais ?

– Je t'ai sauvé la vie.

– C'est seulement dans les contes de fées que la princesse tombe amoureuse du vaillant chevalier, lui rappelle-t-elle, amusée. Au cas où tu ne l'aurais pas remarqué, notre histoire ressemble beaucoup plus à un mauvais film d'horreur pour ados qu'à un conte de fées.

Noah acquiesce à contrecœur.

– Tu aimes toujours Simon ?

La question la prend de court. Elle, amoureuse de Simon ? L'a-t-elle réellement été ? Tout cela lui semble bien loin à présent.

– Il n'est plus Simon maintenant, répond-elle. Il est Nomis.

– Qu'est-ce qui te faisait craquer chez lui ?

– Toutes sortes de choses.

– Tu peux m'en nommer une ?

Arielle soupire :

– Noah, tu crois vraiment que c'est le moment ? Nos amis ont besoin d'aide.

– Il faut attendre qu'ils aient atteint le manoir avant d'intervenir, pour ne pas éveiller les soupçons des elfes. Ça nous laisse encore quelques minutes.

Noah a raison : les sylphors doivent continuer à croire qu'ils se trouvent toujours tous les deux dans la voiture. C'est la seule façon de les attirer jusqu'au manoir et de s'assurer qu'ils tomberont dans le piège des alters.

– Alors ? insiste Noah. Pourquoi Simon ?

Arielle repense à l'histoire du gros Simard.

– Tu vas trouver ça stupide.

– Essaie toujours.

– Simon m'a défendue contre le gros Simard en quatrième année, commence-t-elle. Tu te souviens, j'étais toujours choisie la dernière dans le cours d'éducation physique ? Ce jour-là, Simard m'a dit que j'étais trop pourrie pour être dans son équipe. Simon lui a dit de me laisser tranquille. C'était la première fois qu'un garçon prenait ma défense. C'est ça qui m'a fait tomber amoureuse de lui, je pense.

– Hmm… c'est une belle histoire, fait Noah.

– Une histoire de petite fille, précise Arielle. J'étais très jeune et je ne connaissais pas grand-chose à l'amour.

– Tu t'y connais maintenant ?

Elle se met à rire.

– Pas vraiment, non.

Noah passe un doigt sur sa cicatrice.

– C'est mon visage qui te repousse ?

Sur le coup, Arielle ne sait pas quoi répondre. Elle ne se doutait pas que sa cicatrice le complexait à ce point.

– Pas du tout, dit-elle finalement. Je dirais même que ça te donne un certain charme.

– Tu mens bien, Vénus. Mais j'apprécie quand même. (Il lui sourit, puis jette un coup d'œil à sa montre.) Bon, je crois qu'il faut y aller. Ton oncle et les animalters vont avoir besoin de notre aide quand les alters et les elfes vont se rendre compte que nous ne sommes pas avec eux.

Juste au moment où ils s'apprêtent à prendre leur envol, Arielle s'approche de lui et dépose un baiser sur sa joue, celle où il y a la cicatrice.

– Waouh ! Qu'est-ce que je dois faire pour que tu recommences ça ? lui demande Noah.

Arielle sourit.

– Me sauver la vie encore une fois ?

– Mmm… c'est pas trop demander.

Le vent se lève soudain et gonfle leurs manteaux.

Ensemble, ils s'envolent vers la lune.

26

La silhouette tordue du lac
Croche se dessine rapidement
à l'horizon...

Arielle et Noah volent tout près de la cime des arbres pour éviter de se faire repérer. Leur vision nocturne leur permet d'apercevoir la voiture d'Yvan sur le chemin Gleason ainsi que l'essaim d'elfes noirs qui la pourchasse. On dirait une volée de corbeaux s'acharnant sur une proie isolée.

– Ils vont arriver au manoir dans quelques secondes ! crie Noah pour couvrir le bruit du vent. Tu es prête ?

– Tu as un plan ?

– Les elfes vont vite comprendre qu'ils se sont fait avoir. Ils ne se rendront pas sans combattre. Il faudra intervenir aussitôt que les affrontements commenceront. Autrement dit, profiter de la confusion générale pour sortir nos amis de là. Allez, on fonce !

La vitesse de vol de Noah décuple soudainement. Il prend une avance considérable sur Arielle. Elle arrive à accélérer sa propre allure simplement en y songeant et parvient à le rattraper en quelques secondes.

– Là ! dit Noah en désignant les garages du manoir. C'est un bon endroit pour se poser. Personne ne nous verra.

Ils atteignent les garages au moment même où la voiture de l'oncle Yvan s'engage dans l'allée principale du manoir. Bordée de grands érables, elle débouche sur une large esplanade pavée de dalles de ciment. Après avoir traversé l'esplanade, la voiture s'immobilise devant la terrasse, tout près des escaliers de marbre menant à l'entrée principale. Les elfes noirs se posent un à un autour du véhicule. Ils se positionnent de façon à bloquer toute issue. De l'endroit où ils se trouvent, Arielle et Noah peuvent tout voir et tout entendre.

Un des elfes se détache du groupe et s'avance vers la voiture. Arielle n'a aucun mal à l'identifier : c'est Falko, le voïvode, le chef. Pour accentuer son allure de jeune rebelle, il porte de vieilles bottes, un grand manteau rapiécé et une chemise dépareillée.

Falko agrippe la portière du côté conducteur et l'arrache sans effort. Il la lance à plusieurs mètres, comme si elle ne pesait rien.

– Sortez de là ! ordonne-t-il.

L'oncle d'Arielle est le premier à sortir. Brutal et les dobermans le suivent.

– Où sont les deux ados ? demande Falko.

– Ils sont restés à la maison, répond Brutal. Spécial *Jackass* à la télé.

Falko s'approche de lui et le gifle avec une telle force que l'animalter est projeté au sol.

Falko dégaine ensuite son épée fantôme et glisse la lame sous la gorge d'Yvan.

– Alors, où est ta « nièce » ?

– Je ne sais pas.

– Tu mens !

– Bien sûr qu'il ment, dit une voix au-dessus d'eux.

La voix provient de la terrasse. C'est Nomis. Il se tient debout devant l'entrée principale du manoir. Une épée fantôme brille dans sa main. Il est flanqué du corbeau animalter et d'Ael, l'alter de Léa Lagacé.

– Méfie-toi d'Ael, murmure Noah à Arielle. C'est une redoutable alter. Nomis en a fait son garde du corps particulier.

Falko abaisse sa lame – au grand soulagement d'Arielle – et fait quelques pas en direction de la terrasse.

– Ne te mêle pas de ça, alter, lance-t-il à Nomis. Affaires de sylphors !

– Au contraire, rétorque Nomis. Si vous êtes ici, ta bande de lutins et toi, c'est justement parce que les alters ont fait de bonnes affaires avec l'oncle d'Arielle ici présent.

Falko éclate de rire.

– Quoi ? Tu veux me faire croire que tout ça était prévu ? Que tonton Yvan nous a conduits ici volontairement ?

Nomis acquiesce en silence. C'est sans doute ce qu'attendaient les autres alters, car ils sortent tous de leur cachette à ce moment précis. Ils étaient embusqués à divers endroits dans la propriété, mais surtout derrière les nombreux bosquets qui entourent l'esplanade. Arielle repère aussitôt les alters des trois clones : Daphné Rivest, Judith Mongeau et Bianca Letarte, et aussi ceux des amis de Simon-Nomis : Olivier Gignac et William Louis-Seize. Épées fantômes en main, ils s'avancent avec les autres et encerclent les elfes qui ne semblent pas prendre la chose très au sérieux.

Falko poursuit sur le même ton railleur :

– Je croyais que vous aviez compris votre leçon, l'autre soir, quand nous nous sommes invités à votre petite fête. Vous n'êtes pas de taille à lutter contre des elfes noirs, les jouvenceaux. À part votre obsession pour les vêtements de cuir et les animaux de compagnie, je ne vois pas en quoi vous représentez une menace.

– Nous avons des renforts cette fois-ci, dit Nomis.

Un vieil homme barbu apparaît soudain sur la terrasse. Il vient se placer aux côtés de Nomis.

– Le vieux Xavier Vanesse ! s'exclame Falko toujours en se moquant. C'est ça, vos renforts ? Vous êtes vraiment à bout de ressources, à ce que je vois !

Le grand-père de Nomis s'adresse à Falko :

– Je suis Reivax. L'alter de Xavier Vanesse. Tu as raison, Falko : les jeunes alters ne réussiront pas à vous défaire. Mais si leurs grands-parents s'en mêlent, alors l'issue de ce combat risque d'être fort différente.

À ces mots, un autre groupe d'alters émergent des bosquets. Des alters de grande taille, au regard gris et à la chevelure blanche.

– Ma parole, c'est l'âge d'or au grand complet que vous avez fait venir ! clame Falko en ricanant. On se croirait au bingo du samedi soir !

Arielle n'arrive pas à croire ce qu'elle voit : parmi les nouveaux arrivants, il y a les alters de Dorothée-sans-pitié, la prof de maths, de monsieur Gravel, le prof d'histoire, et aussi celui de monsieur Cordelier, le professeur de français, en plus de ceux d'une vingtaine de gens qu'elle connaît, allant de son chauffeur d'autobus à l'épicière du coin, en passant par le postier et le vieux cordonnier. Les autres sont des retraités de la fonderie Saturnie, les mêmes qui passent généralement leurs journées à traîner dans les cafés du centre-ville. En temps normal, ce sont des vieillards fatigués, qui ont un surplus de poids et une santé fragile, mais, sous leur forme alter, ils prennent l'apparence de grands et nobles chevaliers dans la force de l'âge.

– Il faut les sortir de là, dit Arielle en parlant de son oncle et des animalters. Si la bataille éclate, ils vont se retrouver en plein milieu. Ils vont se faire massacrer.

– Tu as raison, répond Noah, mais on ne peut pas se montrer pour l'instant, c'est trop risqué.

Le sourire sur le visage de Falko a disparu. Comme tous ceux qui sont sur place, il a fait le décompte des troupes : les elfes disposent de plusieurs centaines de combattants, mais les alters, avec l'arrivée de leurs nouveaux effectifs, en ont au moins le double.

Reivax s'adresse de nouveau à lui :

– J'ai été très heureux que la fonderie Saturnie contribue à faire de cette ville un sanctuaire pour tous les alters du pays. Mais ce n'était pas ma principale motivation lorsque je l'ai fondée il y a plus de quarante ans. Ce que je voulais vraiment, c'était mettre sur pied le plus grand piège à sylphors de l'histoire. Mais je ne pouvais pas réaliser ce projet seul. Au cours des dernières décennies, j'ai donc fait venir tous les alters ici, à Belle-de-Jour. Ils sont arrivés avec leur famille et m'ont aidé à faire de ce projet une réussite. Nous nous préparons à cet affrontement depuis presque un demi-siècle maintenant. Nous savions qu'un jour ou l'autre la stupidité des lutins noirs les pousserait à venir se prendre dans nos filets. Nous n'avions pas tort. Ce jour est arrivé. Aujourd'hui, vous vous êtes jetés tout droit dans notre piège. Et nous sommes prêts à le refermer, prêts à vous exterminer, vous les créatures impures qui avez osé tourner le dos à nos maîtres, le grand Loki et la vénérable Hel !

– Arrête les discours ! s'écrie Falko. Et viens te battre, vieillard !

Un petit sourire se dessine sur le visage jusque-là impassible de Reivax.

– C'était bien mon intention, répond-il simplement avant de s'élancer du haut de la terrasse.

– À mort les elfes noirs ! s'écrient Nomis et Ael en bondissant à leur tour.

Il s'agit sûrement d'un signal, car tous les autres alters passent immédiatement à l'attaque. Ils se ruent en hurlant sur les sylphors, la plupart en courant, d'autres en sautant dans les airs pour les empêcher de s'envoler.

Les deux clans ennemis se mélangent au centre de l'esplanade, échangeant cris de guerre, flèches et coups d'épée fantôme, comme dans les grandes batailles épiques. Dès le début de l'affrontement, on assiste à de nombreuses décapitations ; d'un côté comme de l'autre, c'est le moyen le plus sûr d'abattre l'ennemi.

– Tu es prête ? lance Noah.

Arielle fait signe que oui tout en serrant la poignée de son épée.

– Allons-y !

Ils quittent leur cachette derrière le garage et atteignent rapidement l'esplanade. Ils se jettent tête baissée dans la mêlée et engagent le combat autant avec les elfes qu'avec les alters.

À coups d'épée et d'injecteur acidus, ils se frayent un chemin jusqu'à la voiture d'Yvan.

– Où sont-ils ? demande Noah.

Arielle jette un coup d'œil à l'intérieur de l'automobile. Personne. Soudain, elle aperçoit Geri et Freki tout près du grand escalier de marbre. Ils se défendent tant bien que mal contre une demi-douzaine d'alters enragés. Un peu plus loin, sur la gauche, elle voit Brutal qui réduit en morceaux deux elfes grâce à ses injecteurs. L'animalter s'empare de leurs épées fantômes et en passe une à Yvan qui est tout près de lui. Deux autres elfes s'attaquent aussitôt à eux.

– Je vais aller donner un coup de main à Geri et à Freki ! crie Noah après avoir décapité un elfe qui fonçait sur lui. Va rejoindre ton oncle et Brutal, et retrouvons-nous à l'entrée des jardins !

– D'accord ! fait Arielle en esquivant les coups acharnés d'un alter.

Noah la débarrasse de l'alter, puis, d'un seul bond, rallie l'endroit où se trouvent les dobermans. Sans attendre, Arielle s'ouvre un chemin vers son oncle et Brutal qui combattent côte à côte avec une étonnante ardeur. Elle ne s'attendait pas à ce que son oncle se débrouillât aussi bien avec une lame.

– Heureux de te revoir, maîtresse ! lui dit Brutal lorsqu'elle parvient enfin à les rejoindre. Comme tu vois, on est un peu débordés !

– J'avais remarqué.

– Ça va, Arielle ? lui demande son oncle. Vous vous en êtes bien sortis, Noah et toi ?

– Pas si mal. Désolée pour le retard.

En un tournemain, son oncle désarme un elfe noir, puis un alter, puis un autre elfe.

– Mais où as-tu appris à manier l'épée comme ça ?

– Au collège ! répond-il. J'ai remporté le championnat d'escrime en dernière année !

Arielle cherche Noah du regard et l'aperçoit non loin du grand escalier. Les dobermans sont avec lui.

Ils ont mis leurs adversaires en pièces et se dirigent maintenant vers le côté ouest du manoir, là où se trouve l'allée qui mène à la cour arrière ainsi qu'aux jardins.

Arielle fait aussitôt signe à Brutal et à son oncle de la suivre.

– Venez avec moi ! Vite !

Ils lui obéissent dès qu'ils se sont débarrassés de leurs assaillants. Ensemble, ils évitent une volée de flèches, puis courent vers l'allée ouest où les attendent Noah et les animalters. La bataille fait toujours rage derrière eux sur l'esplanade ; alters et sylphors continuent de s'entretuer à coups de flèche et d'épée fantôme.

Selon l'évaluation d'Arielle, les combats s'achèveront bientôt. Les alters sont beaucoup plus nombreux et ne tarderont pas à avoir le dessus sur les elfes noirs. La jeune fille est consciente qu'il leur faudra quitter le manoir avant la victoire finale des alters, sinon c'est à Noah et à elle que Nomis et Reivax s'en prendront ensuite. Les alters savent qu'ils portent toujours les médaillons demi-lunes – médaillons qui peuvent provoquer leur destruction à tout moment s'ils sont réunis. Ils se lanceront donc à leur poursuite sitôt qu'ils auront éliminé les derniers sylphors. Après avoir servi d'appâts, Arielle et ses compagnons deviendront des proies.

Ils rejoignent enfin Noah et les dobermans.

– Personne n'est blessé ? leur demande Noah.

Chacun répond qu'il va bien. Ils se dépêchent ensuite de suivre l'allée jusqu'à la cour arrière et pénètrent dans les jardins. Ils s'arrêtent tout près du bassin principal, au centre duquel s'élève une imposante fontaine en forme de papillon.

– On vous a laissés vous amuser, déclare une voix masculine derrière eux, mais maintenant c'est terminé !

Ils se retournent et aperçoivent Nomis et Ael de l'autre côté du bassin. Les deux alters s'avancent vers eux d'un pas décontracté.

– Il est temps de nous rendre les médaillons ! dit Ael.

– Venez donc les prendre vous-mêmes ! répond Noah.

Ael et Nomis échangent un regard, puis se mettent à rire.

– Mon vieux copain Noah…, fait Nomis en dégainant son épée fantôme. Toujours aussi courageux. C'est dommage que tu aies choisi le mauvais côté.

– Tu fais erreur, rétorque Noah en brandissant lui aussi son épée. J'ai choisi le bon côté, tout comme mes ancêtres avant moi !

Arielle ne tarde pas à imiter Noah et se prépare à l'attaque. Son oncle et les animalters font de même. L'affrontement est imminent, mais Arielle comprend qu'il ne viendra pas lorsque deux sylphors surgissent brusquement du ciel et s'abattent sur les alters. Ael essaie de riposter, mais n'est pas assez rapide. Elle reçoit un coup au visage et s'écroule sur le sol. Le plus grand des elfes agrippe Nomis par la gorge au moment où il tente de contre-attaquer et le soulève de terre.

– Pas question de laisser les médaillons me passer sous le nez encore une fois ! s'écrie l'elfe noir.

Arielle reconnaît Falko. Elle est étonnée par son extraordinaire puissance.

– Tu as eu tort de me sous-estimer, lance-t-il à Nomis.

D'un mouvement vif, il relève la lame de son épée fantôme et l'enfonce dans le cœur de l'alter. Nomis se débat pendant quelques secondes, mais finit par succomber. Dès l'instant où la vie le quitte, le corps du jeune alter reprend sa forme originale, cessant d'être celui de Nomis pour redevenir celui de Simon Vanesse.

Satisfait, Falko retire son épée du corps inerte de Simon et le laisse retomber par terre.

– Récupère les médaillons ! ordonne-t-il ensuite à l'autre sylphor.

– Oui, maître !

Cette voix n'est pas étrangère à Arielle. Celle-ci observe l'elfe avec attention tandis qu'il avance vers eux. Sa démarche aussi lui est familière. *Mon Dieu, mais c'est…*

– Emmanuel ?

Le jeune elfe lève les yeux vers Arielle. Ils sont tout aussi noirs que ceux de Falko.

– Je suis Mastermyr ! annonce-t-il fièrement. Emmanuel n'existe plus depuis que j'ai reçu l'Élévation elfique. Je fais maintenant partie de la grande lignée des voïvodes !

Il la fixe sans bouger. Son crâne est rasé, ses oreilles sont longues et sa peau est aussi pâle et translucide que celle des autres elfes. On dirait un cadavre.

– Ils ont fait de toi un monstre…, lui dit Arielle tout en essayant de retenir ses sanglots.

Emmanuel acquiesce :

– C'est ce que je désirais par-dessus tout.

Arielle ne peut s'empêcher de secouer la tête.

– Pourquoi as-tu fait ça ? lui demande-t-elle. Pourquoi m'avoir fait autant de mal ?

Il lui adresse un horrible sourire.

– Parce que je suis mauvais, Arielle. Tout comme notre père l'était. N'est-ce pas, père ?

Père ?

Arielle se tourne vers son oncle.

– Bien sûr, mon fils.

Les lèvres d'Yvan n'ont pas bougé.

C'est Falko qui a parlé.

27

Le sylphor se rapproche d'eux...

– Je sais, j'ai l'air un peu jeune pour être ton père, déclare Falko. Mais ce n'est pas ma faute : je venais tout juste d'avoir vingt-cinq ans quand l'ancien voïvode m'a accordé l'Élévation elfique. J'ai conservé cette apparence depuis. Je serais idiot de m'en plaindre, non ? On dit que toutes les femmes rêvent d'avoir une peau d'elfe !

Arielle recule d'un pas, incapable de croire que le jeune elfe *skinhead* qui se trouve devant elle puisse être son père.

– Autrefois, on m'appelait Erik Saddington, continue Falko. C'est à cette époque que j'ai connu ta mère. J'étais très amoureux d'elle. C'était une femme magnifique. Elle était convoitée par beaucoup hommes, mais c'est moi qui ai finalement gagné son cœur. Je suppose qu'elle n'a pas pu résister à mon charme. Parfois, les serviteurs kobolds peuvent se montrer très séduisants...

Il jette un coup d'œil en direction d'Emmanuel.

– Mais, ça, tu le savais déjà, n'est-ce pas ? Pendant un temps, nous avons été très heureux, ta mère et moi. C'était avant que Roméo ici présent (il désigne l'oncle d'Arielle) ne s'amène dans notre vie. Je n'ai jamais su si Gabrielle et lui avaient été amants ou simplement amis. Mais, aujourd'hui, ça n'a plus d'importance. Devenir sylphor m'a libéré, comme cela a libéré Emmanuel. L'amour, la jalousie, ce sont des sentiments propres aux mortels. Le désir de vengeance m'a quitté depuis bien des années maintenant. Il n'y a plus qu'une chose qui m'intéresse aujourd'hui.

– Récupérer les médaillons demi-lunes, dit Noah.

– Il a un excellent pouvoir de déduction, le p'tit Noah !

– Est-ce que ma mère est toujours vivante ? demande Arielle.

Falko prend un air étonné.

– Quoi ? Ton « oncle » ne t'a rien dit ?

– Ça suffit, Erik ! intervient Yvan comme s'il voulait l'empêcher de continuer.

Cela n'a aucun effet sur Falko qui poursuit :

– Tu ne lui as pas dit que sa mère était morte, et que c'est toi qui l'as tuée ?

– Tais-toi, démon !

– Il l'a laissée brûler vivante, renchérit Falko.

Arielle supplie son oncle du regard : *Dis-moi que ce n'est pas vrai.*

– Nous nous sommes enfuis à bord de la voiture de Gabrielle, répond Yvan. Les elfes noirs ont compris que nous voulions leur enlever l'élue. Ils nous ont pourchassés sans relâche à travers toute la ville puis jusqu'à la campagne. Ils se jetaient à tour de rôle sur notre véhicule, comme ils l'ont fait ce soir. J'ai perdu le contrôle de la voiture… et elle a dérapé. (Il hésite.) Je n'ai pas eu le temps de la sauver, Arielle.

Arielle comprend maintenant pourquoi son oncle ne voulait rien lui dire au sujet de sa mère.

– Les elfes sont arrivés, explique-t-il. Je devais t'éloigner d'eux le plus rapidement possible. Pour ta propre sécurité.

Falko fait un pas vers elle.

– La vie de ta mère a été sacrifiée pour que tu puisses vivre, lui dit-il. Ne trouves-tu pas que c'est cher payé ?

Que Falko ait un jour été son père ou non, Arielle s'en fiche. Elle n'a plus qu'une seule envie en cet instant : lui trancher la gorge avec son épée fantôme !

– Tout ça, c'est votre faute ! lui rétorque-t-elle. Les sylphors et toi êtes les seuls responsables. C'est vous qui avez tué ma mère. C'est vous qui avez causé cet accident !

Un bruit strident en provenance du ciel force Arielle à lever les yeux. Elle se rend compte qu'il s'agit du cri d'un animal qui attaque, plus précisément celui du corbeau animalter de Nomis. Le bec ouvert, les yeux remplis de haine, il fonce droit sur Falko.

Le sylphor esquive habilement le premier assaut, mais le rapace parvient à le contourner et ressurgit de l'autre côté. Falko n'a pas le temps de réagir cette fois : les serres de l'oiseau s'enfoncent profondément dans la chair de son visage. Emmanuel tente de lui venir en aide, mais l'oiseau s'accroche férocement au visage de l'elfe. Les griffes lacèrent par à-coups la mince chair tandis que le bec crochu s'acharne sur le crâne avec l'énergie d'un marteau-piqueur. Emmanuel parvient finalement à agripper les ailes de l'animalter et à lui faire lâcher prise. Le corbeau réussit néanmoins à se libérer et à reprendre de l'altitude.

– Saletés d'animalters ! grogne Falko en utilisant la manche de son manteau pour essuyer le sang qui coule sur son visage.

Sa chair est en lambeaux.

– Ne vous inquiétez pas, ajoute-t-il en riant, le corps des elfes se régénère en un rien de temps. Quelques feuilles de plante suffiront à me refaire une beauté !

Il leur faut quelques secondes à tous pour réaliser que le corbeau n'est pas venu seul. Des centaines d'alters font soudain irruption dans les jardins. Ils surgissent de tous les côtés. Le vieux Reivax est à leur tête.

– C'est terminé, Falko, dit-il. Tu as perdu. Tes meilleurs guerriers ont été réduits à néant. Il ne reste plus que toi et ce petit kobold que tu viens à peine de transformer en elfe.

Reivax aperçoit le cadavre de Simon qui gît au sol, dans la poussière. Il prend aussitôt un air dégoûté.

– Monstre ! Tu as assassiné mon petit-fils ! Mon successeur !

Falko éclate de rire.

– Ça devrait me causer des problèmes de conscience ?

L'insolence du sylphor ne fait qu'attiser la colère du vieil alter. D'une voix puissante, Reivax ordonne aux alters de dégainer leur épée fantômes et de supprimer Falko. Une marée d'alters enragés déferle alors sur l'elfe noir.

– À mon avis, murmure Noah à l'oreille d'Arielle, il est plus que temps de partir.

– J'approuve ! déclare Brutal qui a tout entendu. Mon instinct aiguisé de félin me dit qu'il y a des choses pas très jolies qui vont se passer ici.

Noah fait un signe à Yvan ainsi qu'aux dobermans pour les informer de leurs intentions. Ceux-ci semblent être d'accord avec le plan. Sans trop se faire remarquer, tous se déplacent lentement vers la zone la plus reculée des jardins, celle qui s'ouvre sur la forêt.

Ils ont presque atteint les limites de la propriété lorsqu'un alter les interpelle :

– Arrêtez ! N'allez pas plus loin !

– Ils nous ont vus ! grogne Geri.

– Ce sont les élus ! s'écrie un autre alter. Ils ont les médaillons ! Rattrapez-les !

– Vite ! Dans les bois ! lance Noah. C'est notre seule chance de leur échapper !

Le sentier n'est pas très large. Ils doivent s'y faufiler en file indienne. Les cris des alters retentissent derrière eux. Ils se sont lancés à leur poursuite. Selon Arielle, il leur faudra peu de temps pour les rattraper.

Au bout d'un moment, ils parviennent à un embranchement. Deux voies s'offrent à eux. Chacune d'elles pénètre au cœur de la forêt.

– Il faut se séparer, affirme Yvan.

Noah refuse :

– Je ne laisse pas Arielle.

– Il faut éviter que les alters mettent la main sur les deux médaillons, lui répond Arielle. En nous séparant, on diminue les chances que ça arrive.

– Je vais avec Arielle et Brutal, ajoute son oncle. Noah, les dobermans et toi, vous prenez l'autre sentier. On se retrouve de l'autre côté du bois, sur le chemin Gleason.

Noah sollicite l'opinion de Geri et de Freki. Les dobermans se consultent du regard, puis finissent par approuver.

– OK, fait Noah. Mais pas d'imprudences. On file tout droit jusqu'au chemin Gleason. Et pas question d'emprunter la voie des airs. Il y a certainement des sentinelles là-haut qui surveillent le secteur. Elles nous repéreraient tout de suite.

– Il faut y aller ! crie Yvan. Ils approchent.

Brutal, Arielle et son oncle s'enfoncent dans le sentier de droite, tandis que Noah et les dobermans disparaissent dans celui de gauche.

La forêt est plongée dans une épaisse obscurité. L'oncle Yvan n'est pas nyctalope comme Arielle et

Brutal. Il doit s'accrocher au bras de sa nièce pour réussir à avancer, ce qui nuit à leur progression. Les alters gagnent rapidement du terrain derrière eux.

– Continuez sans moi, leur dit-il après plusieurs minutes de course. Le chemin Gleason est à moins de cinq cents mètres d'ici. Foncez !

Il sort son épée et se positionne de façon à barrer la voie aux alters. La lame projette autour de lui une faible lueur qui lui permet de mieux voir.

– Je vais essayer de les retenir ici le plus longtemps possible.

– Je reste avec toi, lui lance Arielle en posant la main sur la poignée de son épée fantôme et en se préparant à la dégainer.

– Non. Trop de choses dépendent de ta survie, Arielle.

– Je peux pas t'abandonner !

Il lui sourit.

– T'inquiète pas, je vais m'en sortir. Fonce maintenant !

Arielle réalise qu'elle connaissait bien mal son oncle. Jamais elle ne l'aurait cru capable d'un tel sacrifice. Elle a toujours pensé qu'il ne se souciait pas d'elle, qu'elle était un fardeau pour lui. Elle se trompait, et elle en a eu la preuve plus d'une fois aujourd'hui.

– Emmène-la ! ordonne Yvan à Brutal.

– Il a raison ! affirme Brutal en entraînant sa maîtresse plus loin dans le sentier. Il ne faut pas perdre de temps. Pense au médaillon !

Arielle finit par céder. L'animalter et elle se remettent à courir sur le sentier. Au bout d'un moment, Brutal s'arrête lui aussi.

– Je les entends qui approchent, déclare-t-il. Ton oncle n'a pas réussi à les ralentir. C'est à mon tour d'essayer.

– Non ! rétorque Arielle. La route est tout près. On va y arriver tous les deux.

– Le guide du parfait petit animalter stipule qu'un animalter doit savoir quand se sacrifier pour son maître. Je crois que le moment est venu.

– Non !

Tout comme Yvan, Brutal tire l'épée fantôme de son fourreau. L'éclat bleuté de la lame illumine sa grosse tête de chat.

– Heureux que tu m'aies laissé dormir au pied de ton lit pendant toutes ces années, maîtresse.

Il la salue une dernière fois, puis se précipite à la rencontre des alters tout en faisant tournoyer l'épée au-dessus de sa tête et en criant : « Attention à vos fesses ! les minets contre-attaquent ! MIAOUUUUUU !!! »

Arielle hésite un moment, puis se remet à courir.

Le médaillon, Arielle. Pense au médaillon !

Elle fonce droit devant, tout en essayant de se convaincre que c'est la bonne chose à faire. Mais, rapidement, ses yeux se remplissent de larmes.

Derrière elle, sur ce sentier, elle a abandonné la seule famille qu'elle ait jamais connue.

28

Arielle court sans regarder en arrière, avec l'énergie du désespoir…

Elle se sent seule et vulnérable. Les ombres de la nuit donnent aux arbres un air menaçant. Elle a constamment l'impression qu'ils vont se pencher sur elle pour l'emprisonner entre leurs branches et la retenir jusqu'à ce que les alters arrivent. Elle aimerait que son oncle soit là. Et Brutal aussi. Et Noah. Elle aimerait qu'Elleira ne soit pas morte, qu'elle la guide et l'encourage comme le premier soir, alors qu'elle essayait d'échapper à cette même forêt.

Les bruits de poursuite ont cessé derrière elle. Brutal et son oncle ont sans doute réussi à ralentir la progression des alters. Mais à quel prix ? Sont-ils morts ou toujours vivants ? Une petite voix à l'intérieur lui dit de ne pas s'inquiéter, qu'elle va les revoir.

Arielle aperçoit une faible lumière devant elle. C'est la fin du sentier, elle en est certaine. Bientôt, elle atteindra le chemin Gleason. Elle prie le ciel pour que

Noah et les dobermans aient réussi à semer les alters qui les poursuivaient sur l'autre sentier.

Elle quitte enfin la forêt et regarde de tous les côtés à la recherche de Noah et des chiens : aucune trace d'eux. La lumière qu'elle a aperçue plus tôt provient des phares d'un véhicule. Celui-ci roule lentement vers le nord, en direction du manoir. Arielle doit l'intercepter ; peut-être arrivera-t-elle à convaincre le chauffeur de faire demi-tour et de la conduire en ville.

La jeune fille se place au centre de la route et agite les bras pour signaler sa présence. La voiture freine brusquement, comme si le conducteur l'avait aperçue au dernier moment, et s'arrête à moins de un mètre d'elle. Arielle reconnaît le véhicule : c'est la vieille fourgonnette du père d'Elizabeth.

– Arielle, c'est toi ?

Il lui faut quelques secondes pour réaliser que c'est Elizabeth qui est installée derrière le volant.

– Mais qu'est-ce que tu fais là ?

– Monte vite ! la presse Elizabeth. Je t'expliquerai tout sur le chemin du retour.

Arielle se dépêche de contourner la fourgonnette et d'ouvrir la portière du côté passager. Mais elle s'arrête avant d'entrer dans la voiture. *Émile a changé de nom*, lui a dit Elizabeth cet après-midi. *Il y a deux mois, sa mère l'a obligé à prendre le nom de son beau-père.*

– Ce n'était pas Émile, murmure Arielle en reculant lentement vers la forêt.

– Où vas-tu ? s'écrie Elizabeth. Reviens !

Arielle dégaine son épée fantôme.

– Tu m'as menti. Tu m'as fait croire qu'Émile avait changé de nom pour que je le soupçonne lui au lieu d'Emmanuel.

– Quoi ? Mais qu'est-ce que tu racontes ?

Elizabeth sort de la voiture et s'avance vers elle.

– Ne t'approche pas ! lui ordonne Arielle. Tu es avec les elfes ! Ça explique ta présence ici, à cette heure de la nuit. Tu te rendais au manoir Bombyx pour aller donner un coup de main à tes nouveaux amis, c'est ça ?

– Arielle, tu deviens paranoïaque.

C'est peut-être vrai, se dit Arielle, *mais, après tout ce qui s'est passé ce soir, on ne pourra pas me le reprocher.*

Elizabeth continue d'avancer.

– Qu'est-ce qui me prouve qu'ils ne t'ont pas transformée en kobold ? Montre-moi tes poignets ! exige Arielle. Et relève tes cheveux, je veux voir ta nuque aussi !

– Arielle, je te dis que c'est moi ! répond Elizabeth sur un ton exaspéré.

Quelqu'un a ouvert la portière latérale de la fourgonnette. Lentement, comme s'il surgissait du néant, Arielle voit apparaître le vieux visage plissé de Saddington dans l'habitacle. La vieille magicienne s'est probablement cachée en la voyant apparaître sur la route. Elle a ensuite demandé à Elizabeth de s'arrêter et d'attirer Arielle dans le véhicule, là où elle se serait « occupée » d'elle en toute tranquillité.

Pour l'immobiliser, elle lui aurait sans doute lancé un mauvais sort ou fait boire une quelconque potion magique. Arielle se dit que peu s'en est fallu qu'elle tombe dans leur piège.

– Qu'est-ce que tu attends ! crie Saddington. Enlève-lui son épée et ramène-la ici !

– Oui, maîtresse, répond docilement Elizabeth.

Son regard s'assombrit derrière ses petites lunettes rondes et son sourire se transforme en une hideuse grimace. Un son bizarre, ressemblant à un grognement, sort de sa bouche par intermittence.

– Tu pourrais vraiment me faire du mal, Elizabeth ? lui demande Arielle. À moi, ta meilleure amie ?

Les traits d'Elizabeth, habituellement si doux et si naïfs, n'affichent plus maintenant qu'une répugnante malice.

– C'est ce que mes maîtres m'ont demandé de faire, répond-elle d'une voix funèbre. Et j'obéis toujours à mes maîtres.

La créature démoniaque qui agite férocement ses ongles devant Arielle n'a plus rien d'humain. Les elfes ont transformé Elizabeth en quelque chose de servile et de monstrueux. Arielle fait un pas en arrière pour s'éloigner d'elle, mais se heurte contre quelque chose de dur.

– Tu pars déjà ? Je viens d'arriver.

Quelqu'un s'est glissé derrière elle. Avant qu'elle n'ait le temps de réagir, une main puissante s'abat sur la garde de son épée et la lui arrache des mains. Arielle se retourne. C'est Emmanuel. Elle tente de le repousser, mais il est plus fort qu'elle. Il l'attire brusquement à lui et plaque ses lèvres froides contre les siennes.

– Les alters sont plus agiles, dit-il après l'avoir embrassée, mais les sylphors sont plus puissants.

Il serre ses bras au point de lui faire mal.

– Laisse-moi, Emmanuel !

Arielle a l'impression que les doigts de l'elfe pénètrent sa chair, tellement ils se crispent.

– Mon nom est Mastermyr ! la corrige-t-il en relâchant sa prise.

Sans précaution, il tire sur la chaînette autour de son cou et s'empare du médaillon demi-lune. Arielle reprend aussitôt sa forme originale. Sans le médaillon, elle ne dispose plus d'aucun pouvoir.

Saddington s'adresse ensuite à Emmanuel :

– Où est Falko ?

– Il est mort, répond le jeune sylphor en enfouissant le médaillon dans la poche de son manteau. Reivax et ses alters l'ont massacré. Peu s'en est fallu qu'il m'arrive la même chose.

– Le voïvode est mort ! Vive le voïvode ! s'écrie la vieille magicienne.

– Pourquoi vous réjouissez-vous ? s'indigne Arielle. Falko était votre fils !

– Erik est mort pour notre cause, rétorque Saddington. Son sacrifice ne m'attriste pas, il me remplit de fierté. C'est toi, Mastermyr, qui es à la tête des clans du Nouveau Monde maintenant, poursuit-elle en se tournant vers Emmanuel. Tu te sens prêt à jouer ton rôle de chef ? Les sylphors ont besoin d'être dirigés !

– Il n'y a plus personne à diriger, fait le jeune elfe. Les clans du Nouveau Monde ont été décimés ce soir par les alters. Je suis le seul survivant.

– Les voïvodes de l'Ancien Monde t'enverront bientôt du renfort, lui assure Saddington. Tu as récupéré le médaillon ? (Emmanuel fait signe que oui.) Parfait. Ce n'est pas la peine de nous rendre au manoir alors. Rentrons immédiatement à la maison.

Elizabeth et Emmanuel entraînent Arielle de force vers la fourgonnette. Ils la poussent violemment à l'intérieur de l'habitacle. Emmanuel y grimpe à son tour, puis referme la portière latérale derrière lui. Il prend Arielle par le bras et l'entraîne vers le fond du véhicule. Il l'oblige à s'asseoir sur la dernière banquette et s'installe à ses côtés, ce qui lui permettra de la surveiller pendant tout le trajet. Elizabeth et Saddington prennent place à l'avant ; Saddington derrière le volant et Elizabeth du côté passager.

– Pourquoi avez-vous besoin de moi ? leur demande Arielle.

– Pour attirer ton amoureux, répond Saddington. Noah volera à ton secours dès qu'il apprendra que nous te retenons prisonnière. C'est là que nous lui tomberons dessus et que nous lui prendrons son précieux bijou. Il nous faut les deux médaillons pour détruire les alters.

– Noah est trop intelligent, dit Arielle, il ne se laissera pas piéger par vous !

Saddington éclate de rire.

– L'amour peut aveugler le plus brave des chevaliers, se moque-t-elle. Même ton beau Noah.

– Je les ai vus, ses dobermans et lui, quand j'ai survolé la forêt pour venir ici, déclare Emmanuel. Ils combattaient un groupe d'alters au milieu d'un sentier. Ils semblaient très bien se débrouiller.

– Noah est un jeune garçon plein de ressource, ajoute Saddington. Il trouvera un moyen de s'en sortir. (Elle marque une pause, puis s'adresse de nouveau à Emmanuel.) Mastermyr, il est temps de laisser l'indice.

Le garçon fouille dans son manteau et sort l'un des deux bracelets de cuir qu'il a l'habitude de porter aux poignets. Arielle reconnaît les boutons d'argent en forme de chouette. Ce que Saddington et Emmanuel espèrent, c'est que Noah les reconnaîtra aussi.

Emmanuel donne le bracelet à Elizabeth. Cette dernière baisse la vitre de son côté et jette le bracelet dans le fossé qui borde la route, là où le retrouvera certainement Noah grâce au flair exceptionnel des dobermans.

29

– Tu te souviens de notre mère ?…
demande Arielle à Emmanuel
alors qu'apparaissent les premières
lueurs de la ville…

Le jeune homme ne dit rien.

– Moi, je n'ai aucun souvenir d'elle, ajoute-t-elle.

– Silence, derrière !

C'est Saddington qui a parlé. La magicienne jette un coup d'œil irrité à Arielle par-dessus son épaule. Celle-ci la fixe sans broncher et attend qu'elle se soit retournée pour poursuivre à voix basse :

– Notre père t'a menti, Emmanuel. Saddington aussi. Ce sont eux qui t'ont poussé à faire les mauvais choix.

– À quoi tu t'attends, sœurette ? À ce que je ressente du remords ou de la compassion ? Je te l'ai dit : je suis mauvais, et fier de l'être.

– Il n'est jamais trop tard pour revenir du bon côté.

– Il est trop tard pour lui, dit Saddington. Il a fait ce qu'il avait à faire. Et maintenant, il est libéré.

– Je ne vous crois pas.

– Ça suffit maintenant ! ordonne la vieille femme. Mastermyr, fais-la taire !

Emmanuel se prépare à frapper Arielle, mais s'interrompt au dernier moment.

– Je pensais que les elfes noirs n'éprouvaient pas de compassion, lui murmure Arielle en le défiant du regard.

Elle sent le doute en lui, mais ça ne dure pas.

– Merci de me le rappeler ! répond Emmanuel.

Il poursuit son mouvement et la gifle violemment au visage. Arielle se cogne la tête contre la paroi intérieure de l'habitacle et perd connaissance.

Elle s'écroule sur la banquette.

– Arielle… Arielle !

Oui, c'est bien son nom qu'on prononce sans relâche.

– Arielle ! Réveille-toi !

La jeune fille ouvre les yeux. Il fait sombre et humide. Elle est en position assise. Ses mains sont attachées à un tuyau froid derrière son dos. Sa joue lui fait mal. Elle ouvre et referme sa mâchoire à plusieurs reprises pour la dégourdir.

– Est-ce que ça va, Arielle ?

Sa vue s'éclaircit et elle examine rapidement les lieux. Elle se trouve dans une cave. Le sol est en terre battue.

– Qui est là ?

– C'est moi, Émile.

Arielle lève les yeux et distingue une silhouette à l'autre bout de la cave. Une faible lueur éclaire son visage. C'est bien Émile. Tout comme elle, il est ligoté à la tuyauterie.

– Je pensais… (Elle s'arrête ; sa mâchoire la fait atrocement souffrir.) Je pensais que tu étais mort…

– Emmanuel a bien failli me tuer, répond Émile. Mais je lui ai donné ce qu'il voulait avant qu'il en arrive là.

– Tes vêtements ?

– Et mes Nike, ajoute Émile. Rose va me tuer quand elle va apprendre ça.

Arielle secoue la tête pour chasser ses étourdissements. Elle a peur de perdre connaissance de nouveau.

– Qu'est-ce qui va nous arriver, Arielle ?

Elle n'en a aucune idée. La seule chose dont elle est certaine, c'est que Noah sera bientôt ici. Elle doit trouver un moyen de le prévenir avant qu'il ne se jette dans le piège tendu par Saddington et Emmanuel.

– Je crois qu'Elizabeth est avec eux, dit Émile. Je ne l'ai pas vue, mais j'ai entendu sa voix. Elle parlait avec Emmanuel et la vieille sorcière.

Arielle lui répond qu'elle est au courant. Elle lui demande ensuite s'il croit pouvoir arriver à se libérer. Le garçon fait un effort, puis secoue la tête.

– Mes liens sont trop serrés.

– Pareil pour moi. Tu vois quelque chose qui pourrait nous aider à les couper ?

Émile scrute le sol autour de lui.

– Il fait trop noir, je ne vois rien. (Un petit objet se met soudain à briller sur sa droite.) Attends, j'ai peut-être trouvé quelque chose… On dirait un bout de verre.

Arielle entend des bruits de pas à l'étage au-dessus. Elle est certaine que c'est Noah. Elle est incapable d'expliquer pourquoi, mais elle arrive à sentir sa présence.

– Qui est là-haut ? lance Émile.

– Émile, dis-moi, j'ai été inconsciente combien de temps ?

– Environ une heure, répond le garçon en étirant la jambe pour essayer d'atteindre le morceau de verre avec son pied.

Une heure ?…

C'est suffisant, se dit Arielle. En une heure, Noah et les dobermans ont eu assez de temps pour échapper aux alters et retrouver le bracelet d'Emmanuel. Grâce à leur flair aiguisé, les animalters ont sans doute détecté son empreinte olfactive ainsi que celle de ses ravisseurs, à peu près au même endroit où ils ont retrouvé le bracelet. Noah a donc dû en déduire qu'elle était tombée entre les mains de Saddington et d'Emmanuel et qu'ils la gardaient probablement prisonnière ici, dans leur maison. Il s'est aussitôt précipité à sa rescousse.

– Va-t'en, Noah ! s'écrie Arielle.

Elle essaie une nouvelle fois de se défaire de ses liens. Impossible : plus elle tire sur les cordes, plus celles-ci se resserrent autour de ses poignets. Avec ses pouvoirs d'alter, elle réussirait certainement à faire céder le tuyau de plomberie auquel elle est attachée, mais, pour cela, il lui faudrait le médaillon demi-lune, chose qu'elle n'a pas.

Une porte s'ouvre au rez-de-chaussée. La lumière qui se dégage de l'ouverture éclaire les escaliers qui mènent à la cave.

– Noah, c'est un piège ! Ne reste pas ici !

Émile la dévisage d'un air stupéfait.

– T'es folle ! Noah, ne l'écoute pas ! lance-t-il en direction des escaliers. Reviens ! On est ici, dans la cave !

– Ne fais pas ça ! le supplie Arielle. Il va se faire tuer s'il ne part pas tout de suite !

– Désolé, rétorque Émile, mais j'ai pas envie de finir comme ingrédient dans la marmite de la vieille sorcière ! NOAH ! EN BAS !

– Arielle, tu es là ?

C'est bien la voix de Noah.

– C'est un piège ! lui crie-t-elle. Va-t'en !

L'instant d'après, Arielle le voit apparaître dans l'escalier. Il descend les marches quatre à quatre et se précipite vers elle.

– Arielle, ça va ?

– Noah, ils voulaient t'attirer ici. C'est pour ça qu'ils m'ont emmenée.

– Je sais.

– Tu sais ? Et tu es venu quand même ?

– Tu crois vraiment que j'aurais pu t'abandonner ?

Elle lui sourit.

– Où sont Geri et Freki ?

Noah lui explique que les alters les ont attaqués sur la route peu après la découverte du bracelet d'Emmanuel. Les dobermans sont restés là-bas pour les combattre, tout en faisant diversion pour lui permettre de s'échapper.

– Ils ont probablement été capturés et emmenés au manoir Bombyx, dit Noah. Comme ton oncle et Brutal.

– Mon oncle et Brutal sont toujours vivants ?

– C'est ce que les alters ont laissé sous-entendre quand ils nous ont attaqués.

Arielle reprend espoir : elle est déterminée à leur porter secours dès qu'elle sortira d'ici.

Noah se penche derrière elle et s'apprête à desserrer ses liens lorsqu'un puissant éclair de lumière illumine la cave. La petite silhouette distordue de Saddington apparaît au centre de la lumière, qui l'entoure comme une espèce d'aura.

La magicienne tend une main vers Noah, puis prononce une incantation : « *Erino kaltebar onima !* » Une boule de feu jaillit alors de la paume de sa main et atteint Noah qui est aussitôt projeté contre le mur de béton. Il s'écroule sur le sol, étourdi.

Arielle observe la scène, impuissante. Noah n'a pas eu le temps de la libérer. Elle est toujours attachée solidement au tuyau.

Noah pose un genou par terre et se relève péniblement. Sans attendre, Saddington lui envoie une autre boule de feu qui l'expédie de nouveau contre le mur. Le garçon se relève une seconde fois.

– Arrêtez ! s'écrie Arielle. Vous allez le tuer !

Saddington éclate de rire.

– Tu crois que ça me gêne, pauvre idiote ?

L'aura de Saddington devient soudain plus brillante et enveloppe le corps rabougri de la magicienne. Elle se volatilise et réapparaît une fraction de seconde plus tard, tout près de Noah. Celui-ci tente de dégainer son épée fantôme, mais la vieille femme ne lui en laisse pas le temps : elle lui lance un autre sort qui fige tous ses mouvements. Noah demeure immobile, sa main ayant presque atteint la poignée de son épée. On le dirait figé dans le temps. Seuls ses yeux parviennent à bouger. Ils se promènent dans tous les sens, affolés, jusqu'à ce qu'ils rencontrent ceux d'Arielle.

Une ampoule s'allume au plafond et éclaire la cave, ce qui permet à Emmanuel et à Elizabeth de faire leur entrée : ils descendent lentement les escaliers et viennent se placer de chaque côté de Saddington, comme deux gardes du corps. Emmanuel fouille dans la poche de son manteau et en sort un objet qu'il tend à la magicienne. Arielle reconnaît immédiatement l'objet en question : il s'agit de son médaillon demi-lune.

– Les alters pensaient mettre la main sur les médaillons avant nous, déclare Saddington dans un ricanement en prenant le bijou. Quelle bande d'imbéciles ! Reivax a eu besoin de quarante ans pour préparer son plan. Il ne nous a fallu que six mois, à Mastermyr et à moi, pour arriver au même résultat !

Emmanuel tire son épée fantôme et se place devant Noah.

– Je lui tranche la tête ou je lui transperce le cœur ? demande-t-il à Saddington en promenant la pointe de sa lame devant le visage pétrifié de Noah.

– Fais comme tu veux, lui dit la magicienne, pourvu qu'il ne nous gêne plus.

Emmanuel acquiesce.

– Ne fais pas ça ! l'implore Arielle. Tu n'es pas un tueur, je le sais. Il y a une partie de toi qui est encore humaine !

Emmanuel secoue la tête.

– Je te l'ai dit, répond-il sans la regarder : Emmanuel est mort. Mon nom est Mastermyr.

Il abaisse brusquement l'épée…

– Emmanuel, NON !

… et l'enfonce dans la poitrine de Noah.

30

Arielle ne peut s'empêcher
de pousser un hurlement:
« Nooooon !!! »

Emmanuel fait pénétrer l'épée jusqu'à la garde dans le corps de Noah, puis la retire. La lame est tachée de sang lorsqu'elle ressort. Noah ne réagit pas: il est toujours immobilisé par le sort de Saddington. Arielle peut lire la détresse dans son regard, la détresse d'un jeune homme qui s'apprête à mourir seul et en silence.

Emmanuel fait un pas vers Noah et lui arrache son médaillon.

– Les elfes 2, les alters 0 ! lance Saddington en riant.

Le sort de la magicienne cesse soudain de faire effet. Noah émet un sifflement rauque, puis s'affaisse. Sans le médaillon, il ne peut plus faire appel à ses pouvoirs d'alter et retrouve progressivement son apparence originale. Son regard est toujours fixé sur celui d'Arielle.

– Noah, lui dit-elle, les yeux remplis de larmes, je suis là…

Il approuve en silence, puis ferme les yeux.

– Ne pars pas tout de suite, s'il te plaît…

Noah ne bouge plus, mais Arielle remarque qu'il respire encore. Malgré cela, elle ne peut retenir ses sanglots.

– Vous êtes des monstres !

Emmanuel rengaine son épée. Il s'approche de Saddington et lui donne le médaillon.

– À la fois si petits et si puissants, déclare la magicienne en examinant les bijoux.

Chacune de ses mains racornies tient un médaillon. Elle les soulève au-dessus de sa tête et déclare sur un ton solennel :

– Moi, Hezadel Saddington, j'invoque le pouvoir des demi-lunes !

La magicienne rapproche lentement les médaillons l'un de l'autre.

– Que votre union engendre l'éradication totale des alters !

Les demi-lunes sont presque réunies lorsque Elizabeth serre les poings et bondit sur Saddington. La charge d'Elizabeth surprend tout le monde, y compris Saddington. La vieille femme n'a pas le temps de réagir. Elle perd l'équilibre et se retrouve par terre.

– Vieille salope de sorcière ! lui crie Elizabeth en la martelant de coups.

Saddington réalise rapidement que les médaillons lui ont échappé des mains.

– Les demi-lunes ! hurle-t-elle à Emmanuel.

Le jeune elfe réussit à récupérer le premier médaillon, mais n'est pas assez rapide pour s'emparer du deuxième. Il est devancé par Elizabeth qui se jette sur le bijou. Elle roule sur le côté, puis s'agenouille précipitamment devant Arielle.

– Je suis désolée, lui dit-elle en passant le médaillon autour de son cou. J'espère que tu vas me pardonner un jour pour ce que j'ai fait.

Arielle sent de nouveau la chaleur du médaillon sur sa peau. La puissance du bijou ne tarde pas à se répandre en elle. Elle ferme les yeux et prononce en toute hâte la formule : « Ed Relta ! Ed Alter ! »

Les changements s'opèrent aussitôt : ses sens s'aiguisent et sa force s'intensifie à mesure que son corps se métamorphose. Son costume d'alter s'adapte rapidement à sa nouvelle silhouette.

Lorsqu'elle rouvre les yeux, Arielle aperçoit Emmanuel, épée à la main, qui fonce dans sa direction. Elizabeth s'interpose entre le sylphor et son amie, pour donner le temps à cette dernière de terminer sa transformation.

Une fois sa force d'alter revenue, Arielle empoigne solidement le tuyau de plomberie derrière elle et l'arrache de la conduite principale. Elle fait ensuite céder ses liens en tirant sur ses poignets. Elizabeth retient Emmanuel encore un moment, ce qui permet à Arielle de tendre la main et de saisir l'épée fantôme de Noah. Elle la tire rapidement de son fourreau et se relève pour affronter le sylphor. Emmanuel repousse sauvagement Elizabeth et fait enfin face à Arielle. Tous les deux s'évaluent pendant quelques secondes, avant de brandir leurs épées et de se jeter l'un sur l'autre. Ils croisent le fer avec une ardeur surnaturelle.

– Je vais te tuer ! s'écrie Arielle en enchaînant feintes et coups droits.

– Je suis déjà mort, répond Emmanuel en parant chacune de ses attaques.

Leurs assauts sont exécutés avec force et résolution. Ils n'ont aucune pitié l'un pour l'autre. Tous les deux se défendent et ripostent avec autant d'habileté et de fougue. Les lames bleutées de leurs épées fantômes se rencontrent et se repoussent au centre de la cave. Un bruit de collision métallique fait écho chaque fois qu'elles s'entrechoquent.

Après plusieurs minutes de combat, la puissance d'Emmanuel finit par surpasser l'agilité d'Arielle. Il réussit à prendre le dessus, et ce, malgré la détermination de la jeune fille. Cette dernière abaisse sa garde pendant un court instant et Emmanuel en profite pour multiplier ses attaques. À plusieurs reprises, il abat sa lame avec force sur la sienne pour dégager un espace entre eux. Une fois qu'il a réussi à se rapprocher d'elle, Emmanuel la frappe au visage. Arielle émet un cri de douleur avant de reculer. Elle a perdu sa concentration. Emmanuel le sait et redouble d'ardeur. Arielle ne peut plus soutenir le rythme. Grâce à une succession de coups puissants, Emmanuel réussit à lui faire lâcher l'épée. Arielle se retrouve sans arme.

– Finissons-en ! ordonne Saddington qui s'est remise sur ses pieds. Allez, Mastermyr, tue-la !

Emmanuel pointe sa lame en direction d'Arielle et l'oblige à s'agenouiller devant lui. Encore étourdie par la poussée d'Emmanuel, Elizabeth se relève et tente de nouveau de s'en prendre à la magicienne, mais cette fois-ci la vieille femme est moins lente à réagir : grâce à une de ses boules de feu, elle projette Elizabeth dans un coin de la cave. La tête de la pauvre fille heurte le mur et elle perd conscience.

La lame d'Emmanuel est maintenant pointée sur la gorge d'Arielle. Il pourrait lui trancher les jugulaires en un seul petit coup du poignet s'il le voulait, mais il n'en fait rien. Saddington s'impatiente :

– Qu'est-ce que tu attends, Mastermyr ! Ce n'est pas comme ça que se comporte le voïvode du Nouveau Monde !

Le garçon garde le silence. La lame de son épée empêche toujours Arielle de bouger mais sans plus. Rien n'indique qu'il obéira à la magicienne.

– J'aimais notre mère, déclare-t-il en fixant Arielle avec mépris. Elle t'a sauvée, mais m'a abandonné. J'ai été élevé par des elfes noirs, des nécromanciens et des kobolds. As-tu une idée de ce que ça veut dire ?

Arielle ressent sa douleur, mais aussi son hésitation. Que va-t-il faire ? La tuer ou l'épargner ?

– Je suis désolée, Emmanuel... Je suis sûre que notre mère t'aimait.

Saddington soupire bruyamment :

Elle tend une main vers Arielle et prononce une autre de ses incantations : « *Erini statuere ternitas !* » Une lumière se forme alors au creux de sa main et prend lentement de l'expansion.

– Il y a des châtiments qui me plaisent plus que d'autres, fait la magicienne en ricanant et en s'amusant avec la lumière. Que dirais-tu d'être transformée en statue ? Figée dans la pierre pour l'éternité ! ajoute-t-elle avant de lancer la lumière vers Arielle.

Ça y est, c'est terminé, songe Arielle en voyant le rayon de lumière se rapprocher. *Plus personne ne pourra me sauver maintenant.*

Une voix retentit soudain derrière Emmanuel :

– Hé !

Emmanuel se retourne et se retrouve face à face avec Émile. Dans une de ses mains, ce dernier tient les cordes qui ont servi à le ligoter et, dans l'autre, le morceau de verre qu'il a utilisé pour les couper.

– Je veux ravoir mes Nike ! dit Émile avant de frapper le jeune elfe de toutes ses forces au visage.

Emmanuel tombe à la renverse au moment même où arrive le rayon de lumière. Au lieu d'atteindre Arielle, le rayon le frappe en plein thorax. Victime du sort de Saddington, le jeune elfe se fige aussitôt dans l'espace. Sa peau s'épaissit et prend une teinte grisâtre, semblable à celle de la pierre.

– Il a une mâchoire d'acier, ce gars-là ! lance Émile en se massant les jointures.

Arielle n'hésite pas un instant : elle saisit l'épée d'Emmanuel qui est tombée par terre et la lance d'un mouvement vif en direction de Saddington. La lame de l'épée se plante dans la poitrine de la magicienne. Ses yeux s'agrandissent d'un seul coup. Elle porte les mains à sa poitrine et tente de retirer l'épée, mais n'y parvient pas. En silence, les traits figés par la surprise et la douleur, la vieille femme fait quelques pas, puis tombe à genoux. Après avoir fixé Arielle une dernière fois, elle vacille et s'écrase face contre terre. Son petit corps sec s'anime de quelques convulsions avant de s'immobiliser complètement.

Arielle se porte immédiatement au secours de Noah. Il gît sur le dos, immobile. La blessure sur sa poitrine est bien visible. Le sang imbibe ses vêtements.

– Je vais essayer de trouver un téléphone pour appeler du secours ! lance Émile après avoir examiné Elizabeth.

Arielle le supplie de se dépêcher. Émile promet de faire vite et monte au rez-de-chaussée.

– Noah, c'est moi, dit Arielle en se penchant au-dessus du jeune homme. Réponds-moi !

Elle pose doucement une main sur son front. Sa peau est froide et moite.

– Réponds-moi ! S'il te plaît !

Des larmes coulent sur ses joues et tombent sur le visage pâle de Noah.

– Arielle…, murmure-t-il.

– Je suis là, juste à côté de toi.

– Arielle… on a gagné ?

– Oui, on a gagné, fait-elle. Saddington est morte.

– Et Emmanuel ?

– Figé dans la pierre pour l'éternité, répond-elle en reprenant les paroles de la magicienne.

Noah examine le sang sur sa chemise.

– Mauvaise blessure, conclut-il.

Arielle le soulève et le prend dans ses bras.

– T'en fais pas. Les secours vont bientôt arriver.

Le garçon sourit brièvement.

– Tes yeux…, chuchote-t-il, j'en ai jamais vu des comme ça. Ils ont la couleur du miel.

Noah essaie d'avaler, mais en est incapable. Il se met à tousser. Arielle croit qu'il s'est étouffé avec sa salive, mais c'est du sang qu'il recrache.

– Ne t'en va pas, reste avec moi !

Il a de la difficulté à respirer. Sa tête se fait plus lourde contre l'épaule d'Arielle et il ferme les yeux. Arielle le force à les rouvrir.

– Noah, regarde-moi !

– Arielle… je veux que tu m'embrasses.

Arielle n'hésite pas un instant. Elle pose ses lèvres sur celles de Noah et l'embrasse.

Une série de flashs se succèdent alors dans son esprit, comme lorsqu'ils se sont embrassés pour la première fois au motel. Au bout d'un moment, le carrousel d'images ralentit, puis finit par se stabiliser. Arielle ne se trouve plus dans la cave de Saddington. Elle est dans la forêt. Elle court pour échapper à quelqu'un.

C'est Elleira qui a le contrôle de son corps. Elle regarde derrière elle et aperçoit les tours du manoir Bombyx. Il y a du mouvement et des cris. Elle se souvient : les elfes noirs viennent d'attaquer les alters dans la salle de bal. Ça s'est passé il y a deux jours, lors de sa première visite au manoir. Elleira a réussi à s'échapper grâce à Noah et fuit maintenant à travers les bois.

– Reviens ici ! ordonne la voix d'Emmanuel derrière elle.

« Emmanuel ne se sauvait pas le soir du manoir…, lui avait dit Noah. Il te pourchassait. »

Elleira essaie de le distancer, mais en est incapable. Son amour pour Noah l'a affaiblie considérablement. Elle n'a plus la force de courir ni de s'envoler.

Emmanuel gagne du terrain. Ce n'est plus qu'une question de secondes avant qu'il ne la rattrape. Noah apparaît soudain derrière eux sur le sentier. Il fait un bond et se jette sur Emmanuel. Tous les deux roulent sur le sol.

Elleira se retourne et tente de venir en aide à Noah.

– Va-t'en, vite ! lui dit celui-ci en essayant de maîtriser Emmanuel. Cours jusqu'au chemin Gleason !

Elleira obéit. Elle sort le médaillon de sa poche et le passe autour de son cou. Elle se remet à courir tout en jetant des coups d'œil par-dessus son épaule. Elle voit Emmanuel qui donne un coup au visage de Noah et parvient à se libérer. Elleira fonce de plus belle.

C'est à ce moment qu'Arielle se souvient d'avoir repris le contrôle de son corps.

« *Trop faible...*, dit une voix à l'intérieur d'elle. *Trop faible pour m'envoler.* »

Arielle fonce droit devant. Elle est à bout de souffle et ses jambes lui font mal. Il fait noir. Il n'y a aucun sentier, juste des arbres. Elle est en pleine forêt. Elle entend des cris derrière elle et, plus loin encore, des aboiements.

– Sauve-toi, Arielle ! Sauve-toi ! crie la voix de Noah.

Il y a un flash.

Les arbres disparaissent soudainement et sont remplacés par les murs du collège. Arielle est retournée encore plus loin dans le passé. Aujourd'hui, elle commence le secondaire. Sa toute première journée dans la grande école. Elle est en retard pour son cours de français. Elle marche vite, la tête baissée, des livres plein les bras. Léa Lagacé la suit de près dans le couloir. Elle se moque d'elle derrière son dos et s'apprête à la bousculer volontairement pour faire tomber ses livres lorsque Noah s'interpose : « Trouve-toi une autre victime ! » dit-il à Léa en l'agrippant par le bras et en l'entraînant loin d'Arielle.

Un autre flash.

Puis un autre. Ils se multiplient. Chacun d'eux évoque une occasion où Noah est intervenu pour empêcher qu'on la ridiculise ou qu'on lui fasse du mal. Il y en a tellement qu'elle ne peut plus les compter : au primaire, au secondaire, dans la rue, dans les fêtes.

La dernière scène se déroule à l'extérieur. Dans une cour d'école. Arielle sent les rayons du soleil sur sa peau. C'est l'automne. Un groupe d'enfants est réuni tout près du terrain de football. Elle reconnaît son ancien professeur d'éducation physique, celui qui lui enseignait au primaire, en quatrième année. Arielle se rapproche des enfants. Ils sont divisés en deux équipes. À la tête de l'une d'elles, il y a le gros Simard. Elle le voit qui s'approche du seul enfant qui n'a pas encore été choisi. C'est une petite fille rousse au visage parsemé de taches de rousseur. Elle se tient à l'écart des autres.

– On vous la laisse ! dit le gros Simard en adressant un regard mauvais à la petite fille.

Les autres enfants éclatent de rire. La petite fille rousse baisse la tête. La douleur est encore vive dans le souvenir d'Arielle. La petite fille, c'est elle.

Arielle se retourne et cherche Simon Vanesse parmi les autres enfants. C'est à ce moment qu'il devrait intervenir pour la défendre. Mais il n'a pas bougé. Il se tient derrière Noah, les bras croisés.

– Simard, laisse-la tranquille ! ordonne une autre petite voix.

Ce n'est pas Simon qui a parlé mais Noah, le petit garçon à la cicatrice. Arielle va le retrouver et s'agenouille près de lui. Elle l'observe tranquillement tout en lui faisant un sourire.

– J'ai toujours pensé que c'était Simon qui m'avait défendue ce jour-là, lui déclare-t-elle. Pourquoi tu ne m'as rien dit ?

Elle pose ensuite un baiser sur sa joue. Noah lui rend son sourire, puis prend un ballon et va retrouver la petite fille.

Les images se remettent à défiler dans la tête d'Arielle, assez vite pour l'étourdir. Elles sont rapidement remplacées par une lumière éblouissante, puis par le néant. Arielle peut à nouveau sentir les lèvres de Noah sur les siennes. Elle ouvre les yeux et comprend qu'elle est revenue dans le présent.

Noah repose toujours entre ses bras.

– J'ai vu ce que tu as fait pour moi, lui dit-elle.

Noah lève une main et effleure les cheveux d'Arielle.

– Tu ne peux pas partir maintenant, ajoute-t-elle en prenant sa main dans la sienne. J'ai encore besoin de toi.

– S'il y a un moyen de revenir de là-bas, lui répond-il, je te promets de tout faire pour le trouver.

De nouvelles larmes coulent sur les joues d'Arielle. Elle ne veut pas que Noah la quitte. Quelque chose lui dit que ce n'est pas le moment, qu'il est trop tôt.

« *En ce monde, le corps n'est que l'ancre de l'âme...* », lui murmure une voix. C'est la même voix inconnue qui s'est adressée à elle dans la salle à manger de Saddington, le jour où elle a découvert qu'Elizabeth et Emmanuel avaient passé la journée ensemble.

Arielle a soudain la certitude qu'elle doit transmettre ce message à Noah.

– Le corps n'est que l'ancre de l'âme, lui affirme-t-elle. Souviens-toi : le corps n'est que l'ancre de l'âme.

– Je m'en souviendrai.

Arielle pose un doigt sur sa cicatrice et la caresse doucement. Elle sourit malgré ses larmes.

– Un jour ou l'autre, j'aurais fini par tomber amoureuse de toi, Noah Davidoff, est-ce que tu le sais ?

Noah hoche la tête.

– Oui, Vénus, je le sais.

Il sourit à son tour, puis ferme les yeux.

Pour de bon cette fois.

31

La fourgonnette du père d'Elizabeth roule sur le chemin Gleason, en direction du manoir Bombyx...

C'est Émile qui est au volant. Arielle est assise du côté passager. Elle a repris son apparence originale ; elle ne porte plus son médaillon et a troqué son costume d'alter pour des vêtements normaux.

– On arrive bientôt, dit Émile.

Arielle garde le silence. Elle ne cesse de penser à Noah. Elle a dû se résoudre à le laisser là-bas, dans la cave. Cette décision n'a pas été facile à prendre. Elle revoit la scène dans sa tête.

– C'est terminé, a affirmé Émile. J'ai appelé les secours. Ils seront bientôt ici.

Le visage baigné de larmes, Arielle a étreint le corps de Noah pendant encore quelques instants avant qu'Émile ne l'oblige finalement à lâcher prise.

– Ça ne sera jamais terminé, a répondu Arielle. Ils ne nous laisseront jamais tranquilles, les alters comme les elfes.

Après avoir posé un dernier baiser sur le front de Noah, elle s'est relevée, puis a ajouté :

– Il faut arrêter ça.

– Arrêter ça ? Comment ?

Arielle a jeté un coup d'œil à Emmanuel. Il était toujours figé dans la pierre.

– De n'importe quelle façon, a-t-elle déclaré en ramassant une vieille couverture de laine qui traînait par terre. Je vais avoir besoin de ton aide pour le sortir d'ici.

– Qui ? Emmanuel ? Mais t'es pas bien : il a été transformé en statue de pierre ! Il doit peser au moins une tonne !

– Prends le diable qui est là-bas, a ordonné Arielle en désignant le chariot à deux roues qui se trouvait sous les escaliers.

Les deux adolescents ont réussi à transporter Emmanuel hors de la cave avant l'arrivée des premiers secours. Cachés derrière les buissons du voisin, ils ont attendu que les ambulanciers se soient occupés d'Elizabeth pour prendre la fourgonnette et filer. Ils sont ensuite passés chez Arielle afin de prendre des vêtements et ont pris la direction du manoir.

Le lac Croche apparaît à l'horizon. Arielle regarde sa montre. Il est cinq heures du matin. Le soleil va bientôt se lever.

– J'espère que ton plan va fonctionner, lui dit Émile.

– Moi aussi, répond Arielle en examinant le médaillon de Noah.

Elle l'a retrouvé dans la main pétrifiée d'Emmanuel. C'est grâce à ce médaillon qu'elle espère les sauver tous ou, à tout le moins, acheter la paix pour quelque temps.

– Qui te dit que ton oncle et les animalters sont toujours en vie ?

– Les alters ne leur ont fait aucun mal, affirme Arielle, convaincue de ne pas se tromper. Ils comptent se servir d'eux comme monnaie d'échange pour récupérer les médaillons.

La fourgonnette suit les deux rangées d'érables qui bordent l'allée principale du manoir. Arielle constate que tout a été nettoyé : il ne reste aucune trace des combats violents qui ont eu lieu plus tôt dans la soirée.

Émile gare le véhicule devant la terrasse et coupe le moteur. Il se tourne ensuite vers Arielle et attend son verdict. Celle-ci l'observe un moment, puis hoche la tête : elle est prête.

Des dizaines d'alters se sont massés sur la terrasse. Ils observent la fourgonnette d'un œil méfiant. Arielle ouvre la portière et sort du véhicule. Émile fait de même, en prenant soin d'éviter tout mouvement brusque. Il contourne lentement la fourgonnette et vient retrouver Arielle. Les alters ne tardent pas à descendre de la terrasse. Ils sortent leurs épées et se regroupent autour d'eux.

– Je dois parler à votre chef ! leur lance Arielle, éblouie par l'éclat des nombreuses lames fantômes qui les entourent.

Les alters échangent des regards incertains.

– Où est Reivax ? insiste-t-elle.

Les alters finissent par s'écarter, libérant ainsi un passage long de plusieurs mètres menant aux escaliers de la terrasse. Reivax, l'alter du vieux Xavier Vanesse, se trouve au pied des marches. Ael se tient à ses côtés ainsi que le corbeau animalter de Nomis.

– Je suis là, dit le vieil alter. Que me veux-tu ?

– Je suis venue pour vous proposer une trêve, déclare Arielle.

Reivax se met à rire.

– Une trêve ?

– Noah Davidoff a été tué, précise Arielle en essayant de ne rien montrer de sa tristesse.

– Et alors ? demande Ael.

La jeune fille leur rappelle que la prophétie ne pourra s'accomplir que si les deux élus sont vivants. La seule chose que les alters devront craindre dans le futur, ce sont les elfes noirs. Ils n'ont pas tous été détruits, contrairement à ce qu'ils pensent. Mastermyr, le dauphin de Falko, est encore vivant.

Arielle se tourne vers Émile au moment convenu. Le garçon hoche la tête et ouvre la portière latérale de la fourgonnette. Les banquettes du centre de l'habitacle ont été retirées pour faire place à un gros objet. Il est recouvert d'une vieille couverture de laine. Au signal d'Arielle, Émile tire sur la couverture et dévoile une statue de pierre grandeur nature représentant un jeune sylphor.

– Mastermyr, héritier de Falko et prochain voïvode des clans du Nouveau Monde ! annonce Arielle. Transformé par erreur en statue de pierre par Saddington elle-même !

Reivax examine brièvement la statue.

– Cette chose pourrait avoir une certaine valeur, c'est vrai, fait-il, mais pas suffisamment pour que je continue de t'écouter. Messieurs !

Les alters réagissent aussitôt : ils se rapprochent d'Arielle tout en brandissant leur épée de façon menaçante.

– Attendez !

Arielle lève la main et leur montre à tous le médaillon de Noah.

– Peut-être que ceci vous intéressera un peu plus !

Les alters interrompent leur avancée. Ils ont reconnu le médaillon demi-lune et sont hypnotisés par lui.

– Saddington a été claire à ce sujet, poursuit Arielle : bientôt, les elfes noirs et les nécromanciens des autres clans enverront du renfort à Mastermyr. (Elle agite le pendentif devant eux.) Mais, sans les médaillons, il leur sera difficile de remporter la victoire.

Reivax est lui aussi fasciné par le bijou.

– Très bien, dit-il, le regard débordant de convoitise. Que désires-tu en échange ?

– Je veux que vous relâchiez mon oncle et mes amis animalters. Et je veux aussi que nous puissions vivre à Belle-de-Jour en toute tranquillité, sans nous sentir constamment menacés par les alters.

Reivax réfléchit pendant quelques secondes, puis finit par accepter l'offre d'Arielle :

– D'accord, marché conclu ! Donne-moi le médaillon et je libère tes amis.

Arielle hésite un moment, puis lance le médaillon en direction de Reivax. Le corbeau animalter prend sa forme animale et s'élance dans les airs. Il attrape le médaillon dans son bec, fait un tour au-dessus de l'esplanade et revient se poser sur l'avant-bras de Reivax. Il ouvre le bec et laisse tomber le bijou dans la main du vieil alter.

– Tuons-la maintenant ! propose Ael en dégainant son épée fantôme.

Reivax s'interpose :

– Pas si vite. Où est l'autre médaillon ?

– Il est caché, répond Arielle. Je suis la seule à savoir où il se trouve. S'il arrivait un jour que les alters s'en prennent à mes amis ou à moi, le médaillon serait immédiatement livré aux elfes des autres clans. C'est notre police d'assurance, vous comprenez ?

– Tu ne nous fais pas confiance ? demande Reivax en faisant signe à Ael de rengainer son épée.

Arielle secoue la tête.

– Pas du tout, non.

À la demande de Reivax, les alters transportent la statue d'Emmanuel dans la grande bibliothèque du manoir.

– Il est toujours vivant là-dessous ? lance Ael en voyant passer la statue devant elle.

– J'ai l'impression qu'on ne tardera pas à le savoir, réplique le corbeau animalter qui a repris sa forme humaine.

Reivax raccompagne Arielle et Émile jusqu'à la fourgonnette.

– Falko a assassiné mon héritier, leur dit-il. Grâce à vous, le sien occupera une place de choix parmi mes trophées de chasse. Je pourrai le contempler à ma guise pour le reste de mes jours.

Reivax claque des doigts en direction des garages. Une des portes s'ouvre et laisse apparaître une demi-douzaine d'alters. Au commandement de Reivax, ils escortent l'oncle d'Arielle et les animalters à l'extérieur du bâtiment.

– Les alters ne vous embêteront plus, assure Reivax à Arielle. Vous pourrez continuer d'habiter votre maison à Belle-de-Jour. Je respecterai ma part du marché tant que le second médaillon demeurera en sécurité. Mais s'il arrivait que vous le perdiez ou qu'il tombe entre les mains de nos ennemis, notre entente ne tiendrait plus. Est-ce que c'est clair ?

– Très clair, répond Arielle.

– Une dernière chose : si les elfes noirs vous causent de nouveau des problèmes, faites-moi signe. Je m'occuperai d'eux personnellement.

– Je n'hésiterai pas.

Reivax la salue, puis retourne au manoir en compagnie du corbeau. Avant de les suivre, Ael s'adresse une dernière fois à Arielle :

– Je vais t'avoir à l'œil, « l'orangeade » !

Arielle l'observe un moment avant de répondre :

– Moi aussi, « l'agacée » !

Ael tourne les talons et s'éloigne sans rien ajouter.

– Maîtresse ! fait la voix de Brutal derrière.

Arielle se retourne et voit son oncle et les trois animalters qui s'approchent. Les alters les ont accompagnés jusqu'au centre de l'esplanade, puis ont fait demi-tour pour repartir vers les garages.

– C'est la grande évasion ou quoi ? dit Brutal.

– Arielle, comment as-tu fait pour nous sortir de là ? demande Geri.

– C'est une longue histoire, répond-elle.

Son oncle distance les animalters et accourt vers elle en ouvrant les bras.

– Je me suis tellement inquiété pour toi ! s'écrie-t-il en la serrant contre lui. Est-ce que tu vas bien ?

Cette soudaine démonstration d'affection surprend Arielle ; elle ne se doutait pas que son oncle était capable de pareils sentiments.

– Oui, ça peut aller.

– Où est Noah ? fait Freki.

Arielle ne répond pas. Elle se tourne vers Émile qui baisse la tête. Il n'en faut pas plus à Freki et aux autres pour comprendre la raison de leur silence.

Geri est le plus troublé d'entre eux.

– Tu veux dire que?...

Arielle hésite un moment puis acquiesce:

– Il est mort, Geri.

– Non! rétorque l'animalter. C'est impossible! Il était le plus fort d'entre nous!

– Il a été très courageux, ajoute Arielle pour le réconforter.

Geri approuve d'un signe de tête, mais sa tristesse ne s'atténue pas pour autant. Freki le prend par les épaules pour lui montrer qu'il partage son chagrin.

– Il faut rentrer maintenant, leur dit l'oncle d'Arielle. La nuit tire à sa fin. Il est temps d'aller panser nos blessures.

– Nous n'avons nulle part où aller, soupire Freki.

Arielle se tourne vers son oncle. Yvan sait ce qu'elle attend de lui. D'un clin d'œil, il lui donne son consentement.

– Vous êtes les bienvenus chez nous, déclare Arielle en souriant.

Émile s'installe derrière le volant de la fourgonnette et fait démarrer le moteur. En silence, Arielle et les autres grimpent à bord du véhicule. Geri est le dernier à monter. Dès qu'il a fermé la porte latérale, la fourgonnette quitte l'esplanade et s'engage sur l'allée principale. Elle rejoint le chemin Gleason sous les premiers rayons du soleil.

La voix contrariée de Brutal résonne dans l'habitacle:

– Vous êtes sérieux ? Les caniches vont vraiment habiter avec nous ?

32

Les funérailles de Noah et de Simon ont lieu deux jours plus tard…

Reivax s'est arrangé pour qu'il n'y ait pas d'autopsie ni d'enquête criminelle. Les postes d'autorité étant détenus majoritairement par des amis de Xavier Vanesse, personne n'a posé de questions, pas même les journalistes. L'affaire a été classée en vingt-quatre heures à peine avec la mention : *Alter Business.*

La moitié de la ville est présente pour saluer une dernière fois les deux jeunes princes de Belle-de-Jour. L'équipe de hockey tout entière est là, ainsi que les professeurs du C.B.J. Ce sont les coéquipiers de Noah et de Simon qui portent les deux cercueils jusqu'au caveau de la famille Vanesse. Les parents de Noah ont insisté pour que leur fils repose auprès de Simon, son meilleur ami.

C'est une journée extraordinaire. Il n'y a aucun nuage. Le soleil est chaud et réchauffe l'assemblée malgré le vent frisquet de novembre. Léa Lagacé et le vieux Xavier Vanesse prennent la tête du cortège. Difficile de savoir si ce sont vraiment eux ou si leurs alters usent de la possession intégrale pour les contrôler. Ils sont suivis par les employés de la fonderie Saturnie et leurs familles. Arielle et son oncle se détachent du groupe et se placent de l'autre côté du caveau. Ils sont accompagnés de Rose et d'Émile. Les deux dobermans sont là aussi (sous leur forme animale). Arielle tient Brutal dans ses bras. Il est étonnamment calme. Elizabeth est la seule absente. Elle est toujours à l'hôpital. Les médecins ont diagnostiqué chez elle une forme rare de « septicémie ». C'est une sorte d'empoisonnement du sang, d'après ce qu'Arielle a pu comprendre. Dans son esprit, il n'y a pas de doute que cette intoxication a été causée par les elfes lorsqu'ils ont fait d'Elizabeth un serviteur kobold. La jeune fille devra être gardée en observation pendant plusieurs jours. Les médecins ont dit que, pour la guérir, il faudra lui administrer des antibiotiques par intraveineuse. Arielle espère que ce traitement détruira le kobold en elle et permettra à Elizabeth de redevenir totalement humaine.

– Mes amis, il est normal que nous ressentions de la tristesse, commence le prêtre. Nous avons subi une grande perte. Noah et Simon étaient de remarquables jeunes gens. Ils faisaient la fierté de leurs familles et de leurs amis.

Certaines personnes se mettent à pleurer. Le prêtre fait une courte pause puis reprend :

– Aujourd'hui, nous trouverons le réconfort dans l'amour. Dans l'amour de nos parents et de nos amis, mais aussi dans l'amour que Noah et Simon nous ont porté tout au long de leur vie. Ces deux jeunes garçons nous ont quittés, c'est vrai, mais ils continueront de vivre dans nos cœurs et dans nos esprits. Nous sommes tous réunis ici ce matin pour les saluer et leur dire que nous ne les oublierons jamais. Soyons forts et souhaitons-leur bon voyage. Ils auront besoin de notre amour et de notre courage pour avancer sur le chemin du prochain royaume.

À la fin du service, les gens échangent des condoléances, puis se dispersent tranquillement. Rose et Émile se dirigent comme les autres vers la sortie du cimetière. Arielle ne bouge pas.

– Tu viens ? lui demande son oncle.

– Je vais rester un peu ici, avec Brutal et les chiens, répond-elle.

– D'accord, je vais t'attendre dans la voiture.

Yvan sourit et s'éloigne à son tour.

Arielle se retrouve seule avec Xavier. Le vieil homme se recueille une dernière fois avant de demander aux employés des pompes funèbres de transporter les deux cercueils à l'intérieur du caveau familial. Les hommes en noir s'exécutent en silence. Une fois ressortis du caveau, ils referment le portail et le verrouillent, ce qui provoque les aboiements de Geri et de Freki. Arielle comprend leur douleur. Elle ressent exactement la même.

– Au revoir, Noah, murmure-t-elle.

Elle essuie ses larmes, puis va rejoindre les autres.

Le corbeau animalter de Nomis apparaît dans le ciel au même moment. Arielle lève les yeux et voit qu'il passe plusieurs fois au-dessus du caveau. Il émet un long cri pour saluer son maître, puis retourne vers les montagnes.

Yvan reconduit Arielle à l'école après l'enterrement. En raison des funérailles, les cours du matin ont été annulés, mais pas ceux de l'après-midi. Rose et Émile lui ont gardé une place à la cafétéria. Ils ont une vingtaine de minutes pour manger avant le début des cours.

– J'ai récupéré mes Nike, dit Émile en lui montrant ses chaussures sous la table. Le propriétaire du motel Apollon les a retrouvés dans une chambre.

– Super, répond Arielle sans enthousiasme.

Rose pose une main sur la sienne.

– Ça va ?

Arielle hoche la tête sans répondre.

Elle mange à peine. Le retour en classe est difficile. La motivation n'y est plus. Au cours de français, Arielle choisit un pupitre situé tout au fond de la classe. Monsieur Cordelier s'en étonne :

– Vous n'avez pas l'habitude de vous asseoir aussi loin, mademoiselle Queen.

Arielle se contente de hausser les épaules. Elizabeth lui manque. Noah aussi. Elle sent sa gorge se nouer et doit faire des efforts pour ne pas éclater en sanglots. Elle se concentre sur le titre du livre posé devant elle : *Docteur Jekyll et Mister Hyde.*

Monsieur Cordelier commence la classe ainsi :

– Il y a quelques jours, l'un d'entre vous me posait la question suivante : « Que se passerait-il si nous arrivions à séparer le bien du mal ? »

Les élèves acquiescent.

– Eh bien, aujourd'hui, mes chers amis, je vous demande de me donner la réponse. Votre lecture vous a-t-elle permis de vous faire une opinion à ce sujet ? Mademoiselle Queen ?

– Je n'ai pas eu le temps de terminer le livre, monsieur.

Monsieur Cordelier lui sourit.

– Quelqu'un d'autre ?

Personne ne répond.

– Je vais vous citer un passage du dernier chapitre, dit monsieur Cordelier. À propos du méchant et du juste qui vivent en chacun de nous, Jekyll dit ceci : « Si chacun d'eux pouvait être logé dans une personnalité distincte, la vie serait libérée de tout ce qui nous tourmente : le méchant suivrait son chemin, délivré des aspirations et des remords de l'autre partie plus vertueuse de son être, et le juste s'avancerait sans hésitation et sans crainte dans le chemin qui monte vers la vertu, se réjouissant de ses bonnes œuvres sans être exposé davantage à la honte et à l'humiliation par les bassesses de son mauvais génie. C'est la malédiction de l'humanité que ces deux personnalités si différentes aient été ainsi liées ensemble, que dans le sein déchiré de la conscience, ces deux frères ennemis ne cessent de se battre. »

Il referme le livre et s'adresse de nouveau à la classe :

– Alors, croyez-vous, comme Jekyll, que cette coexistence du bien et du mal est en fait une malédiction ? Et que nous en serions libérés si nous parvenions à séparer ces deux personnalités qui existent en chacun de nous ?

Le silence plane encore une fois sur la classe. Arielle finit par lever la main.

– En séparant le bien du mal, dit-elle, nous séparons aussi la joie du chagrin, le bonheur du malheur, la raison de la passion, mais, surtout, l'amour de la haine. (Les visages de Noah et Emmanuel se succèdent tour à tour dans son esprit.) Quand ça se produit, nous cessons d'être des êtres humains et devenons quelque chose d'autre, quelque chose de mauvais.

Elle réfléchit un moment, puis ajoute :

– Je crois que c'est ça, la véritable malédiction.

33

La première chose qu'Arielle
remarque en rentrant à la maison,
c'est que son oncle a
déjà commencé à boire...

Il est en train de mettre la table, un verre de vin rouge à la main. Ce n'est pas son premier ; la bouteille posée sur la table de la cuisine est presque vide. Arielle pose son sac sur une chaise et prend un jus dans le frigo.

– Tu reconnais l'odeur ? demande Yvan en sortant un plat du four.

– Un chou farci ? hasarde-t-elle.

Il acquiesce d'un signe de tête.

– Bravo ! s'exclame-t-il en posant le plat au centre de la table. Juliette l'a préparé juste pour toi. (Il se verse un autre verre de vin.) Ça s'est bien passé cet après-midi ?

Arielle hausse les épaules.

– Je ne sais plus à qui faire confiance, dit-elle en prenant place à table. J'ai l'impression que tous les gens qui m'entourent sont des alters et qu'ils me surveillent.

– Tu n'as pas à t'en faire quand tu es à l'école, répond Yvan. Souviens-toi : un alter s'éveille seulement lorsque son hôte s'est endormi. Pas de sommeil, pas d'alter.

– Et que fais-tu de la possession intégrale ?

– À ma connaissance, il n'y a que les descendants des puissantes lignées qui en sont capables, comme Nomis et Reivax.

Son oncle lui sert une assiette de chou farci.

– Vas-y, mange, ça va te faire du bien.

– J'ai pas beaucoup d'appétit.

Arielle hésite un instant, puis demande :

– Oncle Yvan, est-ce que ma mère m'aimait ?

– Bien sûr qu'elle t'aimait.

– Elle a beaucoup souffert lorsqu'elle est morte ?

Yvan baisse la tête. La question d'Arielle ravive de douloureux souvenirs.

– La voiture était en flammes. Il y avait des elfes noirs partout. La seule chose dont je me souvienne clairement, c'est d'avoir couru, avec toi dans mes bras.

– Et Emmanuel ? Est-ce que ma mère l'aimait aussi ?

Yvan prend une profonde inspiration.

– C'était différent avec lui. Il était beaucoup plus proche d'Erik que de Gabrielle.

– Pourquoi l'a-t-elle abandonné ?

– Ç'a été un choix déchirant pour elle, mais c'était la seule façon de te sauver.

Arielle hoche la tête sans conviction, puis quitte la table. Elle n'a pas touché à son assiette.

– Je suis fatiguée, dit-elle en prenant son sac. Je vais aller me coucher.

Son oncle ne fait rien pour la retenir. Elle a raison : ce qu'il lui faut pour le moment, c'est du repos.

Yvan attend qu'Arielle ait quitté la cuisine avant de se lever et de choisir une autre bouteille de vin dans le cellier.

Arielle est heureuse de revoir Geri et Freki. Ils sont tous les deux couchés au pied de son lit. Ils relèvent la tête et la saluent lorsqu'elle entre dans la chambre. La jeune fille dépose son sac et se dirige tout droit vers le placard. Elle écarte les vêtements suspendus et appuie sur le papillon jaune, ce qui libère l'entrée du placard secret. *Ma propre Batcave*, se dit-elle en pénétrant dans la petite pièce. Elle commence par vérifier que le médaillon demi-lune se trouve toujours à l'endroit où elle l'a rangé. Une fois rassurée, elle s'attarde sur ses costumes d'alter, les replaçant sur leur cintre et les classant par ordre de préférence. Elle fait ensuite l'inventaire de ses armes et arrive à la conclusion que les injecteurs acidus peuvent se révéler très efficaces pour combattre les elfes, mais ne valent pas sa bonne vieille épée fantôme.

Satisfaite que toutes les pièces de son équipement soient en bon état et à leur place, Arielle referme le placard et va s'étendre sur le lit. Brutal vient immédiatement la rejoindre.

– Salut, toi, dit-elle en lui caressant le dessus de la tête. Alors, les dobermans ne t'ont pas fait trop de misères ?

Brutal hérisse ses poils et émet un sifflement hostile en direction des chiens. Les dobermans répondent aussitôt par des aboiements.

– OK, OK, les gars, j'ai compris ! lance Arielle. Que diriez-vous de faire une trêve pour ce soir ? Il faut vraiment que je me repose.

Les animalters finissent par se taire. L'adolescente les remercie en silence. Brutal se couche aux côtés de sa maîtresse et se met à ronronner, sachant que cela a un effet apaisant sur elle. Arielle ne peut résister plus longtemps, elle ferme les yeux. Du plus loin qu'elle se souvienne, sa dernière pensée avant de s'endormir a toujours été pour Simon Vanesse.

Mais ce soir, elle est pour Noah Davidoff.

« J'espère que le prochain royaume t'accueillera mieux que celui-ci... », murmure-t-elle avant d'être emportée par le sommeil.

Le néant fait bientôt place au rêve. Tout est flou au début, mais ça ne dure pas : le décor et les objets qui meublent l'espace autour d'Arielle ne tardent pas à se préciser.

Elle se trouve dans un petit appartement. La décoration et le mobilier lui paraissent désuets. Elle fait face à une fenêtre d'où elle peut apercevoir la ville. Il s'agit d'une ville qu'elle ne connaît pas, une ville où les maisons et les édifices sont gravement endommagés. Ils sont troués de toutes parts et leurs revêtements tombent en lambeaux. Quelque chose s'est produit ici. Un tremblement de terre ou peut-être une guerre. Il y a une odeur âcre de fumée et de poudre qui flotte dans l'air.

– Arielle, dit une voix derrière elle.

Elle se retourne. La voix appartient à une jeune fille. Elle se tient debout au centre de la chambre et la regarde. Arielle lui donne le même âge qu'elle, soit à peu près seize ans.

– Nous n'avons pas beaucoup de temps, lui dit la fille. Le soleil vient de se coucher.

Elle ressemble beaucoup à Arielle. On dirait qu'elle porte un costume d'alter. Ses vêtements sont en cuir, comme les siens, mais semblent sortis tout droit d'un vieux film des années cinquante.

– Qui es-tu ?

– Je suis Abigaël, ta grand-mère.

Cette adolescente, sa grand-mère ? Non, impossible.

– Ma grand-mère est morte.

La jeune fille acquiesce.

– Ça viendra, mais pas aujourd'hui, je l'espère.

Arielle regarde autour d'elle.

– Où sommes-nous ?

– Nous sommes à Berlin, en 1945.

– Je suis en train de rêver, c'est ça ?

– Tout ça est bien réel. Nous sommes en communication, toi et moi. Je t'ai contactée depuis le passé.

– Comment tu arrives à faire ça ?

– En ce monde, le corps n'est que l'ancre de l'âme, répond la jeune fille. Une fois l'ancre levée, l'âme peut déployer ses voiles et parcourir tous les royaumes.

« Le corps n'est que l'ancre que de l'âme… », se répète Arielle. C'est la phrase qu'elle a entendue juste avant que Noah ne meure.

– C'est toi qui m'as parlé dans la cave, chez Saddington ?

– Les liens de l'esprit sont parfois aussi forts que les liens du sang, tu sais.

Arielle retourne jeter un coup d'œil à la fenêtre. L'aspect général de la ville correspond bien aux photos d'époque qu'ils ont étudiées avec monsieur Gravel, leur professeur d'histoire.

– On est vraiment en 1945 ? C'est pas croyable !

– Écoute-moi maintenant, dit la jeune fille, je dois te parler de la prophétie. Mikaël et moi n'avons pas réussi à vaincre les elfes et les alters. Ils étaient trop nombreux. Si tout s'est déroulé comme prévu, tu es le nouvel espoir de l'humanité. La prophétie dit que avant de descendre au royaume des morts pour y combattre Loki et Hel, les élus doivent vaincre les sylphors et les alters ici, sur la Terre. C'est ce qu'il te reste à accomplir. Mais tu ne pourras pas y arriver seule.

– C'est trop tard, lui dit Arielle. Noah est mort. Il faudra attendre la prochaine génération d'élus pour que la prophétie se réalise.

– Ne sois pas si pessimiste ! rétorque Abigaël. Les choses ne sont pas toujours ce qu'elles semblent être. Ce qui importe, c'est que tu continues de croire que tout est encore possible. C'est toi qui réaliseras la prophétie, et personne d'autre. Mais, pour y parvenir, tu auras besoin d'aide.

– Noah était le seul qui pouvait m'aider.

– Tu oublies les six protecteurs dont parle la prophétie. Jason Thorn est le premier d'entre eux. C'est un chevalier fulgur. Il a été fait prisonnier par les elfes il y a quelques jours. Mikaël et moi avons tenté de le secourir, mais nous avons échoué.

Mikaël ? Il s'agit sans doute de Mikaël Davidoff, le grand-père de Noah. Sa grand-mère en était-elle amoureuse ? Ce serait dans l'ordre des choses, se dit Arielle.

– Il ne me reste plus beaucoup de temps, poursuit Abigaël. Les elfes m'ont repérée. Ils savent où je me cache. Je suis la seule à savoir que Jason est entre leurs mains. Je n'ai pas eu le temps de prévenir les autres chevaliers. Ils ne pourront pas lui porter secours. Ça signifie qu'il est probablement toujours prisonnier des elfes noirs à ton époque. Trouve-le et délivre-le. Lui seul sait où se trouve le vade-mecum des Queen. C'est le livre qui te permettra d'invoquer les ancêtres de notre lignée. Tu en auras besoin pour vaincre les démons.

– Les elfes gardent ce chevalier prisonnier depuis soixante ans ? Comment peut-il être encore en vie ?

– Ceux qui bénéficient de la protection des Walkyries disposent de grands pouvoirs, répond-elle. Tu le constateras toi-même un jour.

– Par où dois-je commencer mes recherches ?

Abigaël s'apprête à répondre lorsque la porte de l'appartement vole en éclats. Une dizaine d'hommes en uniforme déboulent dans la pièce et se jettent sur la jeune fille. Ce sont des elfes noirs qui portent l'uniforme de l'armée allemande. Arielle voudrait aider sa grand-mère, mais elle est incapable de s'éloigner de la fenêtre.

Plusieurs autres sylphors pénètrent dans l'appartement et viennent prêter main-forte à leurs confrères. Abigaël se défend avec une étonnante ardeur, mais elle perd rapidement l'avantage.

– N'oublie pas son nom, s'écrie-t-elle : Jason Thorn, il s'appelle Jason Thorn ! Il est retenu prisonnier au même endroit que ta mère ! Dans la fosse nécrophage d'Orfraie !

– Quoi ! Ma mère est vivante ?

Un des elfes sort une dague fantôme de son uniforme et se glisse derrière Abigaël.

– Grand-mère ! Attention !

Le sylphor brandit sa lame et s'élance vers elle. Abigaël préfère regarder Arielle une dernière fois plutôt que de parer l'attaque. Arielle est emportée par le néant avant de savoir si sa grand-mère a eu le temps d'éviter le coup fatal.

– Elle est vivante ! s'écrie Arielle en ouvrant les yeux.

Brutal et les dobermans sont aussitôt tirés du sommeil. Arielle repousse ses couvertures et bondit hors du lit. Elle retourne au placard secret et se dépêche de revêtir un de ses costumes d'alter. Après avoir passé le médaillon demi-lune autour de son cou, elle prend son épée fantôme, en plus de quelques injecteurs acidus, et revient dans la chambre.

Son oncle surgit dans la pièce au moment même où elle récite les mots magiques qui lui permettront de retrouver son corps d'alter : « Ed Retla ! Ed Alter ! »

– Qu'est-ce qui se passe ? demande-t-il, inquiet et à bout de souffle.

– Elle est vivante ! répète Arielle tout en se métamorphosant sous les yeux de son oncle. Ma mère est vivante !

Une fois sa transformation terminée, elle fixe l'épée fantôme à sa taille, puis loge les injecteurs dans son ceinturon.

Elle est prête pour sa prochaine aventure.

– Qui t'a dit ça ?

– Ma grand-mère. Elle s'est adressée à moi dans mon sommeil. Elle a dit que ma mère était gardée captive par les elfes. Ils la retiennent prisonnière avec un chevalier fulgur dans une espèce de fosse... La fosse nécrophage d'Orphée, je crois.

– D'Orfraie, la corrige son oncle.

– Tu connais cet endroit ?

Yvan hoche la tête.

– C'est une longue histoire, dit-il en tirant une bouteille de whisky de sa poche.

Il s'apprête à prendre une gorgée d'alcool, mais est arrêté *in extremis* par Arielle qui s'est précipitée sur lui à une vitesse surhumaine – merci à ses pouvoirs d'alter !

– Qu'est-ce qui te prend ?! le sermonne-t-elle en lui arrachant la bouteille des mains. C'est pas le moment de boire ! Ma mère a besoin de nous ! Il faut partir à sa recherche tout de suite !

Son oncle la fixe en silence.

– Pourquoi tu fais ça ? lui demande-t-elle. Pourquoi tu bois autant ?

Cette fois, elle ne le laissera pas se dérober.

– Réponds !

– Il est temps que tu saches la vérité, dit-il.

– La vérité ? Quelle vérité ?

Il quitte la pièce en silence et s'enferme dans la salle de bain de l'étage. Il n'en ressort que dix minutes plus tard. Lorsqu'il réapparaît dans la chambre d'Arielle, le bas de son visage est caché par une serviette de bain.

– Il n'y a que trois façons de neutraliser son alter, explique-t-il en passant la serviette sur sa mâchoire puis dans son cou : posséder un médaillon demi-lune, ne pas dormir ou bien s'intoxiquer à l'alcool. Comme je n'ai pas de médaillon et qu'il est déconseillé d'enchaîner les nuits blanches, je choisis donc de m'enivrer.

Il éloigne la serviette de son visage. Arielle constate qu'il a rasé sa barbe. C'est la première fois qu'elle le voit ainsi. Elle l'examine en détail. Son visage lui rappelle celui de quelqu'un d'autre. Ce n'est qu'au bout de quelques secondes qu'elle remarque la cicatrice sur sa joue droite. Avant qu'il ne rase sa barbe, elle ne pouvait pas la distinguer. Elle est exactement comme celle de…

– Noah ?

Arielle se souvient alors de ce que lui a dit Elleira le premier soir au manoir Bombyx : « Le vrai nom de Noah est Nazar Ivanovitch Davidoff. »

Ivanovitch…, se répète Arielle en faisant le lien entre le patronyme de Noah et le prénom de son oncle : *Ivanovitch comme dans… oncle Yvan ?*

Elle est soudain prise de vertiges et doit s'appuyer contre un mur pour ne pas tomber.

– Oncle Yvan, tu es… Noah ? Mais comment c'est possible ?

Le regard de son oncle s'adoucit. Cela contribue à dissiper les derniers doutes d'Arielle : les yeux qui sont posés sur elle en ce moment sont bien ceux de Noah Davidoff.

– Je t'ai dit que s'il y avait un moyen de revenir de là-bas, je le trouverais. Eh bien, je l'ai trouvé, Vénus, et je suis revenu !… mais vingt-cinq ans trop tôt.

Remerciements

Merci à Mariève, pour sa présence à mes côtés. Et parce qu'elle sait calmer mes incertitudes.

Merci à ma mère et à mon père, pour m'avoir offert une enfance heureuse, où le rêve était permis.

Merci à Jean-Marie, mon grand-père, pour m'avoir raconté tant d'histoires.

Merci à ma grand-mère Pauline ainsi qu'à toute ma famille, parce que vous vous êtes intéressés à ce que je faisais.

Merci à mon vieux chum Hénault, sans qui la vie serait moins intéressante.

Merci à René, à Lorraine, à Amélie et à Sébastien pour leur soutien.

Merci à India Desjardins et Maxime Roussy, pour leurs judicieux conseils et leur indéfectible oreille.

Merci à Boris Stoïlov, pour avoir créé une Arielle Queen identique à celle que j'imaginais.

Merci à Geneviève Nadeau, pour le magnifique logo.

Merci à Élyse, à Patricia et à Corinne pour leur efficacité.

Merci surtout à Michel Brûlé et à Ingrid Remazeilles, qui ont cru en moi et en mon projet, et qui n'ont pas hésité à me donner ma chance. Merci à vous deux pour votre patience et votre soutien. Tous les auteurs devraient avoir la chance de travailler avec des éditeurs tels que vous.